Aufwind

HERAUSGEGEBEN
VON DEN LOGBUCH-
AUTOREN
EINE INITIATIVE VON
STERNENBLICK E.V.

Bibliografische Information der Deutschen Nationalbibliothek:
Die Deutsche Nationalbibliothek verzeichnet diese Publikation
in der Deutschen Nationalbibliografie; detaillierte bibliografische
Daten sind im Internet über http://dnb.d-nb.de abrufbar.

www.sternenblick.org
kontakt@sternenblick.org

Copyright © 2019

2. verbesserte Auflage

Herausgeber:
Logbuch-Autoren

Cover- & Buchgestaltung:
Stephanie Mattner

Alle Illustrationen im Buch:
© hellokisdottir

Herstellung und Verlag:
BoD - Books on Demand, Norderstedt

ISBN: 978-3-7386-4410-4

Rainer M. Rilke

„AUFBRUCH GLÄNZT AN ALLEN BRUCHSTELLEN UNSERES MISSLINGENS."

Heike Puls
Das Dampfer-Lese-Logbuch

Wer hätte das gedacht?
Kaum Menschen spazieren auf der Promenade, dafür kriecht Februarkälte in die Glieder. Ein Dampfer liegt scheinbar verlassen, nicht unüblich in den Wintermonaten, am Lindenufer in Berlin-Spandau. Vor dem Anleger ein Aufsteller: „Sonntags Lesereihe Logbuch". Beim Näherkommen, spiegelt Lichterschein auf der Wasseroberfläche. Bewegte Schatten im Inneren der „MS Heiterkeit" machen neugierig. Wohlige Wärme und der Duft von Kaffee strömen aus dem Schiffslaib. Kommen Sie mit an Bord. Lassen Sie sich von Geschichten und poetischen Texten verzaubern. Die vorliegenden Kurzgeschichten und lyrischen Texte entstammen insgesamt zwölf Schiffslesungen aus den Jahren 2017 und 2018 – ausgewählt und sorgfältig angeordnet in dieser Anthologie von den Logbuch Autoren, einer Initiative des gemeinnützigen Vereins SternenBlick.

Wir danken der „Reederei Lüdicke" und insbesondere ihrem Inhaber Hendrik Jürgensen, dass wir diesen besonderen Leseort in den vergangenen Jahren nutzen konnten und auch künftig unsere Literatur hier einen sicheren Hafen gefunden hat. Danke auch an alle Autoren, Unterstützer, Zuhörer und Leser. Wir wünschen spannende und inspirierende Lesemomente mit den Texten der Logbuch-Autoren.

Horst Jahn
Ode an die Spree

Du bist nicht der Euphrat und nicht der Tigris
und auch nicht der Nil
mehr Schwester dunkelnder Erlen
und Geliebte der Sumpfdotterblume
Doch auch du bist im Paradies geboren
und deine Wasser fallen vom Himmel

Sie haben dich lange als Dienstmagd behandelt
nun ehren sie dich wieder
legen dir kostbare Kleider an
und verbeugen sich vor dir

An deinen Ufern sehe ich
die Prozessionen fremder Völker
sehe Sonnenanbeter
auf Liegestühlen
auf den Ghats glimmen die Feuer
der Zigaretten
und in deiner Mitte drängeln sich die Barken

Auf deiner Insel
die du so ungleich umarmst
es ist nicht Philae
bauen sie Tempel auf für Echnaton und Nofretete
und für Horus eine Nische
Doch Isis
ist fern

Du gleitest gelassen an allem vorbei
an den steilen Mauern der Macht
den Obelisken des Geldes
den Spiegelgräbern der Fenster

Obwohl deine Ränder gesteinigt und gebändigt
wie wohlig du dich wälzt
durch Moabiter Häusermeere
in so ekstatisch weiten Bögen!

Ich darf in deiner Nähe wohnen
In meinen Nächten
da liege ich mit dir im gleichen Bette
und winde mich mit dir
und spüre deine Schlangenkraft
in den Ufern
meines Leibes.

Renate Gutzmer
Sinas Reichtum

Sina, die Tochter des Sultans Bassa, galt immer schon als schwierig. Sie war bekannt für ihre hochmütige Art, mit der sie bisher sämtliche Bewerber verschreckt hatte. Ihr Vater machte sich bereits große Sorgen darum, seine Tochter überhaupt noch verheiraten zu können. Selbst um den Preis seines Reiches würde sich so leicht niemand mehr finden lassen, der es mit dem launischen Mädchen aufzunehmen wagte. Hinter vorgehaltener Hand munkelte man bereits, es gebe Gründe für Sinas merkwürdiges Verhalten. Ihre Mutter war früh gestorben und das einsame junge Mädchen sei dadurch verwildert. Ihre unförmige Gestalt und ihre mürrischen Gesichtszüge seien Ausdruck entbehrter Mutterliebe.

Eines Tages besuchte Sina mit ihrer Leibwache den Bazar. Gleich am Eingang fiel ihr ein Stand auf. Prächtige Stoffe, Kleider und Schals aus leuchtend bunter Seide waren über alte Teppiche ausgebreitet oder über Schnüren aufgespannt. Der Händler war ein eigenartiger Mensch, so wie Sina noch nie einen gesehen hatte. Seine Gestalt wirkte mädchenhaft, sein geschminktes Gesicht erinnerte an eine Tänzerin oder Schauspielerin, aber der stechende Blick seiner schwarzen Augen gab ihr das unbestimmte Gefühl in Gefahr zu sein.

Mit sanfter Stimme sprach er sie an. Er habe gerade eine neue Lieferung bekommen und deutete auf Kisten im Hintergrund. Die Ware sei wie geschaffen für eine schöne Prinzessin wie sie. Stücke aus Kaschmir, in allen Farben der Welt. Ob er ihr ein Muster zeigen dürfe? Dabei hatte er schon einen Ballen leuchtend blauer, mit Silberfäden durchwirkter Seide in den Händen. Sina konnte nicht widerstehen, legte ihre rechte Hand prüfend darauf und strich ein paar Mal zärtlich darüber. Sie wunderte sich, wie kühl und weich sich das anfühlte. Ein Schauer überfiel sie. Der Händler hatte sich dicht neben sie gestellt, sodass sie seinen Atem spüren konnte. Plötzlich hörte sie, dass er ihr etwas ins Ohr flüsterte.

„Schönheit muss man wollen. Sina, du bist schön! Dunkelblau, weinrot, aubergine, alles bestickt in Silber und Gold, in deine Haare geflochten und aufgesteckt, mit Diamanten verziert, warum versteckst du dein Gesicht?" Unendlich langsam zog er ihren Schleier zur Seite und sah sie an. Sina war so verwirrt, dass sie sich gar nicht darüber wunderte, dass der Unbekannte ihren Namen kannte. Sie war entschlossen, die ganze Kiste mit den Stoffen zu kaufen, sie wollte ihm zeigen, wie sehr er sie beeindruckt hatte und sie wollte ihm auch sagen, dass sie morgen wiederkommen würde.

Da traten die Leibwächter, die unruhig geworden waren näher heran, legten ihrer Schutzbefohlenen eilig den Schleier um das Gesicht und machten Anstalten den Händler festzunehmen. Doch Sina trat zwischen sie, so energisch, wie sie das Mädchen noch nie erlebt hatten, und rief:

„Er hat nichts getan! Ich habe nur seine Stoffe geprüft, sie sind wunderschön, ich nehme die ganze Kiste!"

Das geschah, obwohl der Händler abwehrend seine Hände hochgehalten und gerufen hatte: „Hoheit, das ist selbst für ihren Vater zu viel Geld!" „Papperlapapp", schimpften die Leibwächter und zählten dem erstaunten Mann die 1000 Goldtaler in seine Hände. Ihr einziges Bestreben war, möglichst schnell von diesem Ort zu verschwinden. Sie waren schließlich dazu da auf die Prinzessin aufzupassen.

Im Palast angekommen ließ Sina die Kiste sofort in ihre Wohnräume bringen, setzte sich davor und schloss die Augen. Wie eigenartig dieser Mann gewesen war! Wie zärtlich! Wie schön sie sich gefühlt hatte! Mit klopfendem Herzen öffnete sie die Kiste und wollte schon den Schneider rufen lassen, um sich von ihm ein Gewand aus der köstlichen Seide anfertigen zu lassen, da traf es sie wie ein Blitz: Die Kiste war leer!

Der Sultan schäumte vor Wut, als er das hörte. Seine bewaffnete Leibgarde wurde ausgesandt, um den Händler zu verhaften und zu töten. Die Leibwächter der Prinzessin gingen mit, um die Suche zu beschleunigen. Aber wie ungläubig rieben sich alle die Augen, als sie auf dem Platz am Eingang des Bazars einen alten Mann vorfanden, der Wasserpfeifen verkaufte. Hier sei nie ein Stoffhändler gewesen, mussten sie sich sagen lassen, schon gar keiner, der so aussah, wie sie ihn beschrieben. Im ganzen Reich ließ der Sultan den Händler suchen, ohne Erfolg. Seine Tochter jedoch entwickelte sich zu einer selbstbewussten jungen Dame, um die sich viele neue Bewerber scharten. Auf ihrer Hochzeit trug sie ein Gewand aus dunkelblauer, mit Silberfäden bestickter Seide.

Sabine Wreski
Bloße Möglichkeit

Kalte Bläue fällt.
Mensch mit Melone öffnet Abendblatt.
Buchstabenlos starrt die Chiffre,
hinterlässt Rätsel im lichtschattigen Gesicht.

Knallroter Mund schwebt,
gaukelt halbgeöffnet durch Lüfte,
verlangendem Kopf entflogen,
hinterlässt Krater im blutleeren Antlitz.

Bodenlose Bläue fiele
auf sprachlose Röte.
Gefrierbrand im Irgendwo
ließe sich lesen.

Heike Puls
Inspiration

Es ist Mittwoch, später Nachmittag. Nur wenig Kundschaft schlendert durch die Gänge des Warenhauses. In Gedanken an den Feierabend versunken, rücke ich Ledertaschen in den Regalen zurecht, schließe Reißverschlüsse, prüfe Preisschilder. Ein Herr spricht mich von der Seite an. „Haben Sie so etwas? In dieser Art?"

Erschrocken schaue ich auf die von seinem gewölbten Bauch abstehende Gürteltasche. Gerade möchte ich antworten, da beginnt der Mann sich zu rechtfertigen. Weshalb er mit einer solch desolaten Tasche herumlaufe, welche Dinge er darin aufbewahre, wie wichtig ihm diese, seine Ledertasche, sei.

Wir laufen durch die Taschenabteilung.

Der Mann erscheint mir ein bisschen überschwänglich. Freundlich zeige ich ihm eine Auswahl. Der Bauchgürteltaschenträger untersucht jede einzelne Tasche auf ihren Gebrauch. Keine trifft recht seinen Geschmack.

Dafür redet er fortwährend.

Ich nicke.

Er redet.

Ich zeige.

Er bleibt stehen.

Ich gehe.

Er redet.

Meine Güte, denke ich. Ratlos und ein bisschen zermürbt von diesem merkwürdigen Verkaufsgespräch lege ich schließlich alle Modelle beiseite.

„Es tut mir leid, ich kann Ihnen derzeit nichts anderes anbieten. Bestimmt finden Sie in einem speziellen Fachgeschäft eher etwas Passendes."

Der Mann schaut mir direkt ins Gesicht. Er schweigt und mir kommt es vor, als hätte ich durch ihn hindurch gesprochen. Unvermittelt werden seine Augen riesengroß und er fasst mich am rechten Arm. Sofort entschuldigt er sich und gesteht mir: „Wissen Sie, junge Frau, ich bin in einer prekären Lage. Ich schreibe. Ich bin leidenschaftlicher Autor. Mein erstes Buch, es ist so brisant... ich finde die richtigen Worte nicht und..."

Jetzt kann ich mir das Grinsen nicht mehr verkneifen. Prima, denke ich, wieder ein Lebenskünstler, der dir die Taschen vollhaut, anstatt sie zu kaufen.

Ich will mich gerade umdrehen, zu meinem Stand gehen, als der Herr sprunghaft dicht an mein Gesicht herantritt und ein weiteres Geständnis ablegt. Er leide derzeit an einer Blockade, einer Schreibblockade. Er käme nicht voran und überhaupt, er wäre hier nur zur Inspiration, sammle Eindrücke und...

„Ja, ach so, das kenne ich auch", beschwichtige ich den Bauchgüteltaschenplauderer.

Und tatsächlich. Für einen Moment steht sein Sprachwerkzeug still. Wachsendes Erstaunen breitet sich in seinem Gesicht aus.

„Ach, Sie schreiben auch, ja?"

Oh, ich hätte lieber nicht laut denken sollen schießt es mir durch den Kopf.

Und zu mehr komme ich auch nicht. Der Herr schwingt sich bereits wieder zu Hochform auf.

„Wissen Sie, die Geschichte ist sooo brisant. Einfach unglaublich brisant. Ich verrate Ihnen nur so viel:

Meine Geschichte spielt im 17. Jahrhundert. Die Protagonisten, ein Knabe, so um die elf Jahre alt, und seine um dreißig Jahre ältere Klavierlehrerin. Ist das nicht eine unglaubliche einmalige Kombination? Wissen Sie, meine Idee ..." Er flüstert jetzt: „... dass beide ihre Unschuld verlieren. Finden Sie das nicht unheimlich erotisch, unheimlich spannend?"

Ich lehne an meinem Verkaufstisch, wechsele alle drei Sekunden vom linken auf das rechte Bein, weil ich nicht mehr stehen kann, nicke lächelnd und sehne den Feierabend herbei.

Endlich. Ich atme erleichtert aus. Nach gefühlten drei Stunden lächelnden Zuhörens verlässt mich der Kunde in bester Laune mit überschwänglichen Dankesworten und einem schwitzigen Händedruck. Zu meinem Leidwesen ohne Gürteltasche.

Bis zur Schließung des Hauses sind es nur noch wenige Minuten. Die Geschichte des Plaudertäschchens schwirrt in meinem Kopf. Sie gefällt mir und ich lasse meine Gedanken zwischen den bereits leeren Gängen des Warenhauses schweifen:

Der Junge, vielleicht elf Jahre alt. Dünn, schlaksig, die Haare mittellang und ordentlich zum Scheitel gekämmt. Wie ..., wie Fritz, jener Junge aus meiner Schulzeit. Manchmal hat er mich in der Hofpause grinsend angesehen und dabei hörbar die Luft eingesaugt.

Die Klavierlehrerin, eine schlanke große Frau. Nicht mehr jung, vielleicht Mitte dreißig. Die Haare streng zu einem Knoten gebunden. Ähnlich wie Fräulein Rottenmaier bei „Heidi".

Die Klavierstunde: in einem schwach beleuchten Salon mit schweren dichten Vorhängen. Mittig das

Klavier. Kerzengerade davor sitzt das Fräulein. Der Junge, still auf einem Stuhl in der Ecke. Ich nehme mir einen Zettel und schreibe:

„Die Musik verhallt. Fräulein Rottenmaier klappt langsam, sehr langsam den Klavierdeckel herunter. Ein fast unhörbares Räuspern des Jungen beendet das gewollte Anstarren auf den Körper der Dame, deren Finger eben noch mit graziösem Schwung die Tasten berührten. Das Fräulein wendet leicht den Kopf, mustert ihren Schüler mit starrem Blick. Heißt ihn, demütig weiter in Stille zu verharren.

Ihm ist es recht. Ausgiebig genießt er den Moment, in dem sich die Gestalt von Fräulein Rottenmaier aus der Schwärze des Klaviers löst. Langsam geht sie in Richtung des Nebenraumes. Bewusst langsam. Nur wenige Meter an Fritz vorbei, ohne ihn dabei anzusehen. Maiglöckchenduft umweht den Knaben.

Wie göttlich denkt er, den Geruch tief in sich aufsaugend.

Er lauscht dem leisen Rascheln ihres am Boden schleifenden schwarzen Kleides. Er fragt sich, ob das Kleid nur wegen des Stoffs so knistert. Oder ob es mit dem Widerstand ihrer zu stramm verknoteten Leibwäsche kämpft."

Die Feierabendmusik schallt durch die Deckenlautsprecher. Lächelnd verlasse ich meinen Arbeitsplatz und gehe in eine Wäscheboutique.

Ich kaufe eine schwarze Korsage zum Schnüren. Im Delikatessengeschäft nebenan wähle ich feine Häppchen aus.

Zu Hause angekommen, lasse ich Chopins Klavierkonzert Nr. 1 förmlich durch die Wohnung vibrieren.

Ich bade in Maiglöckchenschaum. Schnüre mich anschließend im Schlafzimmer in die Korsage, dass ich kaum noch Luft bekomme. Werfe mir mein einziges schwarzes Chiffonkleid über und ... warte.

Ich warte, sinnlich bewegt. Mein Körper graziös aufgerichtet in der Diele, schaue ich zur Tür.

Endlich. Das Türschloss wird bewegt. Ein Mann betritt die Wohnung.

Ich gehe ihm aufrecht und sehr langsam entgegen.

Sein Gesicht sacht an meinen Mund ziehend, flüstere ich bittersüß:

„Komm, geliebter Fritz. Wir haben lange, schon zu lange nicht mehr Klavier gespielt."

Nadja Felscher
In einer Zeit vor dem Beginn

Du schimmerst wie Gold
in meinen Träumen
auf Seidenpapier.

In einer Zeit vor dem Beginn
wir waren ein Windspielzug,
ein Leuchtsignal,
die Spiegelkrone
der Zweisamkeit.

Du schimmerst wie Gold,
doch bist nun mein Heimweh –

Bleibe noch,
Gedanke.

Doris Lautenbach
Notaufnahme

Es ist ein schöner Samstagnachmittag. Aber wir sind hier. Wir warten in der Notaufnahme. Kauern unbequem auf schalenförmigen Plastikstühlen. Und obwohl wir uns um eine gelassene und ausdruckslose Miene bemühen, ist uns das Unbehagen deutlich anzusehen. Wir möchten nicht hier sein, sagen wir mit jeder Faser unseres Seins. Wir sehnen uns weit weg, an einen vertrauten Ort. Wünschen uns Sicherheit.

Dass es keine Sicherheit gibt, nirgends, vielleicht ahnen wir es. Eingestehen tun wir es uns jedoch nicht. Die Hoffnung stirbt zuletzt. So sagt man ja.

Unsere Hände fordern Ablenkung. Finger knacken. Mit weißen Knöcheln umklammern wir unsere Handys, heben die großen hintergrundbeleuchteten Smartphones dicht vor unsere Gesichter. Die neue Rüstung, hinter der wir uns verbergen. Zusammen mit all den anderen Masken und Schleiern und Rollen.

Weil wir selbst nicht wissen, wer wir sind, soll uns auch niemand sehen. Deshalb vermeiden wir Augenkontakt. Besonders hier, beim Warten in der Notaufnahme. Besser dabei nicht auch noch andere hilflose Menschen anschauen. Wir neigen zu dem Glauben, das, was wir sehen, das Äußere, entspräche der Wahrheit. Jeder von uns hat das Monopol auf Wahrheit und glaubt, das eine wahre, das einzig richtige Bild zu sehen.

Und möglicherweise sind der Schmerz und das Leid der anderen Patienten hier im Raum ja auch ansteckend. Ansteckend wie Malaria oder eine andere tückische Infektionskrankheit, schlimmstenfalls resistent gegen Antibiotika. Unser Verstand malt genüsslich Horrorszenarien, die in der Vorstellung gipfeln, mit Zettel am Fuß in der hiesigen Kühlkammer zu enden. Schnell! An etwas anderes denken, an etwas Schönes. Nur was? Egal, Hauptsache, die Angst verdrängen. Leider hat man es versäumt, uns beizubringen, wie wir mit unschönen Gefühlen umgehen sollten. Dass Verdrängen der falsche Weg ist, der niemals funktioniert.

Aber vielleicht wird ja alles wieder gut. Und ein Doktor wird uns mit gütigem Gesichtsausdruck versichern, dass es uns an nichts fehlt, dass uns lediglich ein Fehlalarm, ein Irrtum an diesem sonnigen Nachmittag in die Notaufnahme trieb.

Diesem ‚Vielleicht' wohnt allerdings ein Gefühl der Schwere inne. Und was wir empfinden ist nicht Trost, sondern Anspannung und Nervosität.

Obwohl wir mit unseren Augen auf den Displays kleben, entzieht sich uns der Inhalt. Immerzu lesen wir die gleiche Stelle. Manchmal lösen wir für einen kurzen Moment den Blick von unseren Handys. Dann wandert er durch den Raum und bleibt auf dem Plakat an der Wand hängen.

Werte Patienten und Angehörige. Wir begrüßen Sie in der Notfallaufnahme. Bitte haben Sie Verständnis, dass die Versorgung der Patienten nach dem Schweregrad der Erkrankung und nicht nach Reihenfolge des Eintreffens erfolgen muss.

Natürlich haben wir kein Verständnis. Das ist ein bisschen viel verlangt. Die Einsicht, nichts an unserer momentanen Situation ändern zu können, die Unsicherheit, weckt Empfindungen der Trauer. Und der Wut.

Schmerzen und Angst sind strenge Lehrer.

Aber wir gehorchen. Natürlich. So hat man uns erzogen, so hat man es uns vorgelebt. Und insgeheim sind wir da auch ein bisschen stolz drauf. Auf unsere Mentalität und dass man sich darauf verlassen kann, dass hier bei uns alles seine Ordnung hat. Also leisten wir den Vorschriften Folge und fügen uns mit zusammengebissenen Zähnen und innerem Widerstand.

Wir schauen auf die Uhr. Seufzen. „Über eine Stunde schon", murmelt jemand.

Argwöhnisch blicken wir auf. Wie viele Personen sind noch vor uns? Geht es auch wirklich gerecht zu? Wir haben keinen Einfluss auf die Situation. Und das macht uns beinahe mehr Angst, als die Umstände, die uns heute hierherführten.

Was wissen wir schon. Wir wissen beispielsweise nicht, dass nebenan drei Ärzte um das Leben eines Zweijährigen kämpfen.

Im Wartezimmer der Notaufnahme gibt es keine Klimaanlage. Damit es hier an einem heißen Tag trotzdem erträglich ist, hat man einen Bodenventilator neben die Tür gestellt. Ohne zusätzliche Kühlmittel senken Ventilatoren nicht die Raumtemperatur. Doch der Luftstrom erscheint uns trotzdem erfrischend. Auf der menschlichen Haut liegt immer ein dünner Feuchtigkeitsfilm. Verdunstet dieser, kühlt die Haut ab. Je mehr Feuchtigkeit verdunstet, desto stärker die Kühlwirkung. Der Luftstrom unterstützt den Verdunstungseffekt mit der Folge, dass es sich kühler anfühlt.

Die perfekte Illusion.

Eine Fliege surrt gegen das geschlossene Fenster.

Davor befindet sich eine kleine Grünfläche. Nicht die dicke, kühle Sorte Gras, deren saftige Halme zum Entspannen mit Schmetterlingen und Limonade einladen, sondern die borstige Variante, mit einer Oberfläche wie dunkelgrüne Reinigungsschwämme. Seit Wochen hat es nicht mehr geregnet. Rekordtemperaturen, sagen sie in den Nachrichten. Alte und kranke Menschen werden vor dem Hinausgehen gewarnt.

Müssten wir nicht hier sein, sähen wir jetzt in großer Höhe einige Schönwetterwolken dahinziehen. Zu weit weg und zu hoch, um etwas mit unserem Leben zu tun zu haben. Die Luft scheint vor trockener Hitze zu knistern.

Wir sollten uns jetzt eigentlich mit einem Fußbad erfrischen. Eisbecher löffeln, mit bunten Sonnenschirmchen geschmückt. Oder im Kino sitzen und Konfekt lutschen. Wir gehen selten ins Kino, aber heute erscheint es uns verlockend.

Der Saal schön kühl und dunkel, und keiner merkt es, wenn man weint.

Die Sitze hier im Wartezimmer stehen eng, beinahe jeder Platz ist belegt. Nur ganz hinten in der Ecke, neben einer zusammengesackten Gestalt wäre eventuell noch etwas frei. Schnell wenden wir uns wieder ab.

Wenn wir uns vorsichtig bewegen, das Gewicht von einem Fuß auf den anderen verlagern oder die Beine in die entgegengesetzte Richtung überschlagen, achten wir sorgfältig darauf, einander nicht zu berühren. Wir schützen unser Revier.

Warum wir das tun, wissen wir nicht. Ein Instinkt?

Jedenfalls halten wir es für sehr wesentlich. Fiele man in einem Zoo versehentlich in die Löwengrube, die gutgefütterten Raubtiere zerrissen einen nicht aus Blutdurst oder vor Hunger, sondern, weil sie keine fremden Eindringlinge in ihrem Revier dulden.

Oder vielleicht auch, weil sich in jedem lebendigen Wesen eine Spur Irrsinn findet, die sich in unerklärlichem Verhalten äußert.

Ein etwa siebenjähriges schwarzhaariges Mädchen, das mit seiner Familie drüben am Fenster sitzt, beginnt ein Lied zu singen. Es klingt unmelodisch in unseren Ohren, unpassend irgendwie und zudem verstehen wir ihre Sprache nicht. Wir reagieren gereizt auf diesen Gesang.

Da unsere missbilligenden Blicke an der Kleinen abprallen, versuchen wir, die Mutter des Mädchens zu treffen.

Was, wenn hier jeder sänge?

Die Mutter, eine Frau mit dunklem Kopftuch, ist mit ihrem anderen Kind beschäftigt, einem Baby im Kinderwagen. Sie streichelt seine nackten Füßchen und als sie es anlächelt, sehen wir ihre schadhaften Zähne.

Das schwarzhaarige Mädchen singt jetzt lauter. Die Kleine trägt eine rote dreiviertellange Hose und ein weißes T-Shirt, das sie schnell hoch und runter hebt, als würde sie sich damit Luft zufächeln. Wir sehen ihren weichen, braunen Kinderbauch. Müsste er uns nicht rühren, dieser weiche, braune Kinderbauch? Müssten wir nicht ein unbändiges Verlangen verspüren ihn zu kitzeln, glucksende Geräusche aus ihm hervorzulocken?

Die beschämende Wahrheit ist, dass wir uns von dem weichen, braunen Kinderbauch belästigt fühlen. Er erinnert uns vage an vergangene Zeiten. Wir möchten nichts mit dem Kinderbauch zu tun haben.

Jetzt blickt die Mutter auf. Sieht unsere Gesichter. Versteht.

Ohne Vorwarnung schlägt sie ihrer Tochter grob auf die Hand. Sagt etwas. Wieder diese Sprache, die wir nicht verstehen. Ihre Stimme zischt, als wäre man auf eine Schlange getreten. Das Mädchen verstummt. Allerdings scheint es vom Verhalten der Mutter nicht sonderlich beeindruckt. Vielleicht ist sie es gewohnt? Ihre braunen Augen blicken ausdruckslos oder sogar etwas spöttisch? Für einen Moment ist es ganz ruhig in der Notfallaufnahme.

Die Tiefe der Stille erinnert uns an den Grund eines Schwimmbeckens. Dann gibt der hellblaue Plastikwasserspender in der Ecke ein gurgelndes Geräusch von sich. Sofort fällt uns ein, wie durstig wir sind. Trotzdem vermeiden wir es, von diesem Wasser zu trinken. Keimschleudern, diese Wasserspender. Eine Brutstätte für Unaussprechliches, das weiß man doch.

Das Baby im Kinderwagen gluckst.

Wir lächeln dem schwarzhaarigen Mädchen zu. Sind unsicher. Wir haben nicht gewollt, dass man es schlägt. Wir verabscheuen Gewalt. Und im Prinzip haben wir doch nichts gegen Kinder, das soll ja niemand von uns denken. Deshalb lächeln wir das Mädchen jetzt an.

Wir verschwenden normalerweise keine großen Gedanken an anderer Leute Ansichten. Zumindest bilden wir uns das gerne ein. Aber wer sich insgeheim schuldig fühlt, legt Wert auf eine heile Fassade.

Das Mädchen lächelt nicht zurück. Es spricht uns nicht frei von unserer Schuld. Kurz sind wir unsicher. Manchmal, wenn wir uns für einen kurzen Moment selbst beobachten, unsere Gefühle unter die Lupe nehmen, dann fliehen diese. Entziehen sich dem Zugriff.

Wir bemühen uns, unseren Gedanken eine andere Richtung zu geben. Es gelingt uns nicht. Als würde etwas in uns die immer gleiche Kassette zurückspulen. Wir wissen nichts vom Luxus der Gedankenlosigkeit. Unser Verstand gönnt uns keine Pause.

Die Anspannung in uns ist eine feste Masse. Die Angst vor Verlust. Endlosem Verlust, vor Auslöschung. Vor dem Tod. Vermutlich sehnen wir uns alle danach, dass das Feste sich auflöst. Dass etwas Flüssiges und Tröstliches zurückbleibt.

Koordiniert wird das Warten hier in der Notaufnahme von zwei Frauen in gestärkten weißen Kitteln. Die eine ist jung und freundlich, mit roten Wangen und Pferdeschwanz.

Im Haarknoten der älteren Krankenschwester steckt ein Kugelschreiber, ihre bellende Stimme klingt unangenehm. Ihre Augenbrauen erinnern an zwei große, pelzige Raupen, die es zueinander drängt.

Wir haben die Ältere jetzt länger nicht gesehen, fällt uns auf. Ihre lange Abwesenheit ruft Kopfschütteln und Stirnrunzeln hervor. Macht sie etwa Pause? Wir sind skeptisch. Vielleicht hat sie ja Schuld, dass es hier seit Ewigkeiten nicht mehr voran zu gehen scheint.

Was wissen wir schon. Es gibt so viel, was unser Verständnis und Definitionsvermögen übersteigt.

Wir wissen nicht, dass die Schwester mit der bellenden Stimme und den Raupen-Augenbrauen in diesem Moment die Hand einer Frau hält.

Einer Frau, der drei erschöpfte Ärzte den Tod ihres zweijährigen Kindes mitteilen müssen.

Eine laute Stimme durchschneidet die Stille in unserem Warteraum.

„Das hier ist die Notaufnahme", hören wir die junge Krankenschwester antworten, „ob privat oder Kasse spielt hier keine Rolle. Die Patienten werden nach Dringlichkeit behandelt. Sie müssen mit ihrem Sohn warten."

Und bilden wir es uns nur ein oder lächelt sie süffisant, als sie auf uns weist. Auf uns, die Wartenden auf den schalenförmigen Plastiksitzen.

Wir sehen eine gutaussehende Frau. Blond, weiße Jeans, rosafarbenes Polohemd. Sie hält sich kerzengerade, die langen schlanken Arme und Beine erinnern an eine Ballerina. Vielleicht heißt es nicht umsonst „den Kopf hoch tragen". Vielleicht kann ein aufrechter Gang eine innere Verwandlung auslösen und man fühlt sich etwas weniger gedemütigt, wenn der Körper stolz dasteht.

Neben der Blonden wartet ein kleiner Junge. Er trägt ein Baseballcap und seine Arme sind mit Sommersprossen übersät.

„Und außerdem", hören wir wieder die Stimme der jungen Krankenschwester, „es sind doch lediglich zwei Zecken. Dafür brauchen Sie normalerweise keine Notaufnahme aufsuchen. Die können Sie Ihrem Sohn doch leicht selbst entfernen. Das würde ich Ihnen auch empfehlen, denn je länger Sie damit warten, desto mehr Zeit haben die Zecken, um etwaige Bakterien zu übertragen. Aber das entscheiden selbstverständlich Sie."

Wir vergessen für einen Moment unsere eigenen Probleme und recken die Hälse. Was wird die Ballerina darauf erwidern?

Leider können wir ihre Antwort nicht verstehen, sie spricht zu leise, aber es klingt aggressiv. Wir ahnen, dass sie im Geiste bereits die Beschwerde an die Krankenhausverwaltung formuliert.

Dafür sehen wir, wie sich ihre Gesichtsmuskeln unkontrolliert in alle Richtungen verzerren. Als fiele eine Maske von ihr. Es dauert nur einen Augenblick, dann hat sich die Frau wieder unter Kontrolle. Ihre Züge glätten sich. Sie ist beinahe wieder hübsch.

„Und wo, bitte schön", die Ballerina spricht jetzt lauter, „sollen wir sitzen? Es ist nichts mehr frei."

Manchmal ist uns zum Weinen zumute. Vielleicht aus Verunsicherung. Oder aus Einsamkeit. Wir wissen es nicht. Wissen nur, dass wir dieses Gefühl schnellstmöglich loswerden wollen. Dabei wäre es doch vielleicht besser, die Tränen laufen zu lassen.

Dort drüben sind doch noch zwei Plätze frei. Die rotwangige Krankenschwester macht eine unbestimmte Handbewegung.

Aber da können wir uns doch nicht hinsetzen. Nicht neben den da.

Laut sagt es die Ballerina nicht, sie besinnt sich gerade noch rechtzeitig auf ihre Manieren. Aber wir hören sie trotzdem.

Und wir können es ihr nicht vorwerfen, denn auch wir ließen die beiden Plätze frei. Einen Puffer zwischen ihm und uns.

Denn seien wir ehrlich: Lieber warteten wir im Stehen, als uns neben diesen Mann dort zu setzen.

Er wirkt verwahrlost, zusammengesunken auf seinem schalenförmigen Stuhl.

Mit dem Kopf lehnt er an der Wand, sein Gesicht können wir nicht sehen, lange graue Haare verdecken die Sicht. Aber er wirkt ungepflegt, verlottert. Seine Schultern hat er hochgezogen. Um sich zu schützen? Vielleicht.

Wir sind uns nicht sicher, würden aber trotzdem darauf wetten, dass er ungewaschen riecht, käme man ihm zu nahe. Nach Alkohol. Urin oder Schlimmerem. Auf dem Boden vor ihm steht eine schmutzige Sporttasche.

Undenkbar, dass er ein Zuhause hat. So wie wir.

Ein Heim, mit weichem Teppichboden, gefliestem Badezimmer und Einbauküche. Ein Domizil, das er morgens verlässt, um einer Tätigkeit nachzugehen. So wie wir.

Deshalb halten wir Abstand. Wir scheuen ihn so instinktiv wie Rehe den Wolf. Wir haben keine Ahnung von dieser Welt. Nicht die geringste.

Das Schweigen im Wartezimmer der Notaufnahme wiegt schwer wie ein Sandsack. Wir schlucken den Speichel, der sich in unseren Münden gesammelt hat.

Dann geht alles ganz schnell. Das schwarzhaarige Mädchen rutscht von ihrem Sitz und läuft Richtung Ballerina und Sohn. Der Klang kleiner Füße in Sommersandalen auf dem Linoleum im Wartezimmer der Notaufnahme.

Musik in der Stille.

Sie fasst den Jungen an seinem sommersprossigen Arm. Nimmt seine Hand. Ihr Auftreten duldet keinen Widerspruch

„Komm!", sagt sie.

Wir staunen. Die kleine Schwarzhaarige spricht ja unsere Sprache.

Die Situation ist uns peinlich, aber wir wissen nicht warum.

„Komm, wir beide setzen uns dahin und Sie", sie wendet sich der Ballerina zu, „können dahin, neben meine Mutter."

Die Kinder krabbeln auf die schalenförmigen Plastiksitze neben den grauhaarigen Mann.

Der richtet sich auf, als das Mädchen sacht seine Schulter berührt.

„Hallo" sagt sie zu ihm.

„Hallo", antwortet er.

Nepomuk Ullmann
es freut die natur

es freut die natur
wenn wir nach ihren töchtern rufen
rosen säugen den blick
wunder und wahrheit aber
bleiben weit voneinander entfernt

in der nacht
ruhen die namen
lächelt das dunkel
mit geschlossenen lippen

im rausch der poesie
greifen wir
nach strahlender vollendung

aus gewohnheit verwechselt
bleiben wir sterblich
unser leben hinterlegt
für die erben
geht die frau im rauch
der auferstehung

durchblutete steine bannen das wort
die zeit schattet vergangenheit
niemals kann frieden sein
wo schweigen blüht

Heike Puls
Nullpunkt

Der Strand menschenleer.

Brotkrumen fliegen durch die Luft. Bizarres Geschrei verwegener Piloten verfolgt mich. Das Meer vor mir liegt unter einer weißen Decke in tiefem Schlaf versunken.

Ich laufe. Versuche, der Möwenscheiße zu entkommen. Die Geister, die ich rief, werde ich nicht los. Die Sonne versteckt sich hinter grauen Schleierwolken. Mir kriecht trotz warmer Kleidung Kälte in die Glieder. Im Februar sieht es an der Ostsee besonders verlassen aus. Nichts deutet darauf hin, dass sich hier im Sommer Hunderte von Menschen im Sand tummeln.

Schnee bedeckt die unendliche Weite dieses Ortes. Kleine Eisberge und Schollenkrusten türmen sich aufeinander. Es gibt keine sichtbare Wassergrenze. Nur ganz weit draußen lässt sich Bewegung erahnen. Eine bizarre Landschaft, sie fesselt mich. Stehe ich auf festem Boden oder auf dem Wasser?

Die Hand lose vor den Mund haltend, laufe ich durch die unwirklich aussehende Landschaft. Die Schollen knacken unter meinem Gewicht. Flüssigkeit tropft aus meiner Nase, bleibt an meiner Oberlippe gefrierend kleben.

Keine Kondition, denke ich. Eine schlechte Voraussetzung für einen Marsch bei 15 Grad unter Null.

Eine tote Möwe. Eingefroren mit offenem Schnabel. Sie sieht aus wie ein Ausstellungsstück im Naturkundemuseum. Ich betrachte sie eingehend.

Die Natur ist erbarmungslos. Wir Menschen nicht

besser, denke ich und beginne in Richtung Land zu hüpfen, um mich warm zu halten. Meine Gedanken kreisen um die Möwe. Um Leben und Tod. Was mache ich hier allein? Als ich gegen zehn Uhr morgens mein kleines Häuschen verließ, schien ein bisschen die Sonne. Der Wind war heftig und eiskalt. Zwei Stunden später sitze ich im Warmen und schreibe. Der Himmel ist dunkel, als wäre es Nacht. Ein handfester Schneesturm zieht auf. Wind bläst eisige Flocken durch den Wald. Ich koche mir Tee, beobachte dabei das Schneetreiben aus dem Küchenfenster. Ich empfinde eine tiefe Zufriedenheit. Es hat Spaß gemacht zu laufen. Ich fühle mich nicht wie Robinson auf einer einsamen Insel, aber es könnte so sein. Allein mit sich zu sein ist schwer. Seinen Tag zu gestalten. Auf sich selbst Rücksicht zu nehmen. In sich nachzuspüren, worauf man gerade Lust hat, was man jetzt tun möchte. Ich wollte herausfinden, wie es mir ergeht, auch wenn ich über mehrere Tage mit niemandem spreche.

Was gibt es Schöneres als hier im Warmen zu sitzen und aus dem Fenster zu schauen? Gedanken aufzuschreiben, keine Dinge erledigen zu müssen! Hier habe ich nur eine Verpflichtung: mich um mich selbst zu kümmern, meinen Gelüsten zu frönen.

Niemand sonst wohnt hier. Die drei Strandhäuser, unweit des meinen, stehen starr unter ihrem Schneemantel. Es ist wie eine andere Welt. Ich stelle mich ihr. Ein Selbstversuch. Wirklich ganz für sich zu sein. Kein Telefon, kein Internet, kein Fernseher. Keine Zivilisation im näheren Umfeld. Nichts, was mich ablenkt, was mich in Anspruch nehmen könnte. Nur ich und die Natur. Einige Stunden später scheint wieder die

Sonne. Der Himmel ist klar und wolkenlos. Ich möchte noch mal rausgehen. Das Blau am Horizont lockt mich. Die Baumwipfel schwingen sacht unter der Last des frischen Schnees. Ich stelle mich vor eine Kiefer, direkt in einen Sonnstrahl und blinzle in den Himmel. Warm, denke ich und vernehme eine Vogelstimme. Ihr durch den Wald folgend laufe ich zum Meer.

Stephanie Mattner
Das Meer in mir

In Flut gestürzt
tobt das Meer in mir
schreit sich
schreibende Finger wund
und als wäre
ich mir selbst
nicht schon zu viel
schlagen Gedankenwellen
Wünsche ins Blaue
ich traue
meinen Gefühlen nicht
abgetaucht, zerstiebt
dann und wann
nagt ein Fisch an ihnen
schimmernder Perlmutglanz
an feuchten Kiemen
das Meer in mir
ist uferlos
ich bin ein Tiefseewesen
lerne schwimmen

Rose-Mary Hein
Lesung

Zum dritten Mal erinnerte mich Lorenz daran, dass heute Freitag sei und ich mich langsam von ihm verabschieden sollte. „Du willst doch die Lesung nicht verpassen. Du weißt, es ist immer unerfreulich, wenn jemand mitten ins Geschehen platzt."
Ich musste ihm recht geben.

Lorenz mit seinen fünfundsiebzig Jahren war seit vielen Jahren an den Rollstuhl gefesselt. Ohne fremde Hilfe konnte er das Haus nicht mehr verlassen. Seine körperliche Verfassung war mehr als jämmerlich.

Sein Kopf, sein Geist, seine Fähigkeit, andere Menschen in den Bann zu ziehen, war allerdings ungebrochen.

Wobei, was andere Menschen betraf, gab es nur noch Klara, die im obersten Stockwerk eine Mansardenwohnung bewohnte und mich. Bis vor ein paar Jahren versorgten wir Lorenz abwechselnd. Einkäufe erledigen, Rezepte einlösen, hin und wieder trafen wir uns bei ihm, kochten gemeinsam und lauschten interessiert seinen Erzählungen. Klara arbeitete bis vor Kurzem nur stundenweise in der Redaktion einer großen Zeitung. Ihr Traum wurde wahr, als ihre unmittelbare Vorgesetzte mit ihrem Mann ins Ausland ging und Klara ihre Nachfolgerin wurde.

Unsere gemeinsamen Abende, die wir sehr oft bei Lorenz verbrachten, sind seither selten geworden.

Was allerdings nach wie vor anhält, ist das Interesse und die Begeisterung Kurzgeschichten zu schreiben. Ich hätte es nie für möglich gehalten, dass es mir irgendwann einmal ein Bedürfnis werden sollte, meiner Fantasie, meinen Gefühlen und Sichtweisen Ausdruck zu verleihen.

Das habe ich Lorenz und Klara zu verdanken.

Als ich Lorenz kennenlernte, konnte er noch ohne fremde Hilfe laufen. Wir begegneten uns oft im Treppenhaus. Lorenz grüßte mich jedes Mal freundlich und ich grüßte mit fast tonloser Stimme und hochrotem Kopf zurück. Es war mir unangenehm, wenn mich jemand ansprach. Sofort errötete ich bis unter die Haarwurzeln, in meinen Ohren rauschte es und ich versuchte so schnell wie möglich außer Sichtweite zu gelangen. Bei einer dieser Begegnungen bat mich Lorenz, der am untersten Treppenabsatz mit seinen Einkaufstüten stand, um Hilfe.

„Junger Mann, würden Sie freundlicherweise einen Teil meiner Einkaufstüten nach oben tragen? Irgendwie habe ich meine Kräfte wohl überschätzt."

Damals war mein erster Gedanke Flucht, die Bitte ignorieren und schnell weitergehen. Noch während ich darüber nachdachte, drückte mir Lorenz zwei seiner Tüten in die Hand, lächelte mich an und meinte: „Zweiter Stock rechts, Lorenz Medic steht an der Tür. Lorenz Medic, das bin ich."

Mit hochrotem Kopf, immer zwei Stufen auf einmal nehmend, eilte ich nach oben, stellte die Tüten vor die Tür und rannte dann so schnell es ging nach unten. Wollte nur noch das Haus verlassen und nicht angesprochen werden. Wieder begann das unangenehme Rauschen in meinen Ohren. Unten angekommen, lag Lorenz quer auf der Treppe und stöhnte.

Er hielt einen Zettel in der Hand.

„Diese Nummer anrufen… bitte… Notfall".

Das Rauschen in meinen Ohren wurde stärker. Dann ging die Haustür auf und Klara stand plötzlich vor uns.

In Sekundenschnelle überblickte sie die Situation, riss mir den Zettel aus der Hand und rief mir noch zu:

„Drehen Sie ihn auf die Seite, bleiben Sie bei ihm, sprechen Sie mit ihm, ich rufe den Notarzt!"

Ich drehte Lorenz, der keinerlei Lebenszeichen von sich gab, auf die Seite, sprach mit ihm, schob die Küchenrollen, die aus dem Einkaufsbeutel gerutscht waren unter seinen Kopf und hielt seine Hand in der meinen.

Das Rauschen in meinen Ohren war verschwunden.

An jenem Tag machte ich den ersten Schritt in mein neues Leben, das konnte ich damals allerdings noch nicht wissen. Lorenz wurde noch im Notarztwagen versorgt und ins Krankenhaus gebracht. Klara nahm meine Hand und zerrte mich hinter sich her.

„Kommen Sie, wir fahren mit meinem Auto hinterher. Übrigens, mein Name ist Klara, Klara Szuskala, sagen Sie einfach Klara zu mir."

Inzwischen saßen wir in ihrer kleinen, bunten, mit Beulen und Schrammen übersäten Ente. Mit Vollgas fuhr sie dem Krankenwagen hinterher.

„Und du? Hast du auch einen Namen?"

Bis jetzt hatte ich noch keinen Ton über meine Lippen gebracht. Was da gerade geschah, überstieg mein Fassungsvermögen. Diese Situation war für mich irreal. Bewegungslos saß ich neben Klara und versuchte mich zu beruhigen.

„Na los, komm schon, verrate deinen Namen. Ich sollte schon wissen wie der nette, junge Mann neben mir heißt."

„Mein Na-na-me ist Lenn - Lennet - Lennet Sonne!"

Sie lächelte mich an. „Lennet, und dann auch noch Sonne, dein Name gefällt mir, klingt positiv."

Für Klara war es selbstverständlich, dass wir uns um Herrn Medic kümmern würden.

Nachdem er im Krankenhaus wieder zu sich kam und Klara und mich sah, lächelte er uns zu und meinte zu uns: „Meine beiden Schutzengel. Danke! Danke, dass ihr für mich da wart."

Klara fragte ihn, ob wir ihm weiter behilflich sein könnten.

Herr Medic nahm dankend an.

Sie nahm seinen Wohnungsschlüssel entgegen und er erklärte uns, wo wir die einzelnen Dinge, die er im Krankenhaus benötigte, finden würden.

Es war ein merkwürdiges Gefühl, eine fremde Wohnung zu betreten, fremde Schränke zu öffnen und die bestellten Dinge zu entnehmen. Klara delegierte und ich befolgte ihre Anweisungen.

So ging das vierzehn Tage lang. Manchmal klingelte sie kurz bei mir und übergab mir den Schlüssel von Herrn Medic. Sie bat mich, die Blumen zu wässern und kurz zu lüften. Dann folgte ein kurzes, *„Tschüss Lennet – wenn es heute nicht zu spät wird – melde ich mich noch bei dir."*

Meine Panikattacken, wenn mich jemand ansprach, und das Rauschen in meinen Ohren waren in der Gegenwart Klaras und Herrn Medic verschwunden. Meine Medikamente nahm ich weiterhin.

So begann unsere Freundschaft, die nun schon zwanzig Jahre besteht.

Als Herr Medic wieder zu Hause war, besuchten wir ihn regelmäßig. Seine Wohnung war mir inzwischen so vertraut wie meine eigene. Wir nannten ihn auch nicht mehr „Herrn Medic", sondern auf seinen Wunsch hin „Lorenz".

Ich liebte die Abende, wenn er über sein Leben sprach, den Rollstuhl, auf den er jetzt angewiesen war, in Bewegung setzte, in seiner Bibliothek zielsicher zu einem Buch griff und die Erzählungen durch Karten, Bilder oder Zitate noch lebendiger werden ließ.

So erfuhren wir, dass Lorenz Professor für Architektur und Geschichte war. Seine Liebe galt der italienischen Geschichte und dem Zeitalter der Renaissance.

„Meinem Vater", so erzählte Lorenz weiter, „Vincence Medic, italienischer Herkunft wie man unschwer erkennen kann, gelang es relativ früh mein Interesse für die Kunst im Allgemeinen und die geschichtlichen Zusammenhänge zu wecken. Er konnte vermeintliche Banalitäten so verpacken, dass ich, gerade mal neun oder zehn Jahre alt, mit großen, staunenden Augen seinen Erzählungen lauschte. Er ermutigte mich, das Gehörte aufzuschreiben und eigene kleine Episoden zu erfinden. So kam es dann, dass ich mit Begeisterung und viel Fantasie meine ersten Kurzgeschichten schrieb. Immer öfter suchte ich in den vielen Büchern meines Vaters nach Schauplätzen, Jahreszahlen, Kriegshelden und anderen wichtigen Personen. Mein Interesse für Architektur und Geschichte wurde in dieser Zeit geweckt.

Mein Vater, der mit Leidenschaft auch Ahnenforschung betrieb, erklärte mir eines Tages, dass wir die Nachkommen von Lorenzo di Medici seien. Er drückte mir ein Buch in die Hand und meinte: „Lies es, Lorenz, letztendlich ist es auch deine Geschichte."

Das tat ich – und war fasziniert. Es las sich wie ein Kriminalroman. Dieser Lorenzo di Medici wurde mein Held. Als inzwischen Zwölfjähriger las ich ab jetzt alles, was die Familie Medici betraf."

Klara und ich nippten am Wein, schauten uns an und benötigten etwas Zeit, um das Gehörte zu verarbeiten.

Später, als ich in meinem Bett lag, nicht einschlafen konnte, überwältigt von dem Verlauf des Abends, dankte ich dem Schicksal dafür, Klara und Lorenz kennengelernt zu haben.

Beide, jeder auf seine Art, trugen dazu bei, dass ich mich traute, über mein Leben, meine Ängste und meine Träume zu sprechen. Sie drängten mich nie. Sie hörten mir einfach nur zu.

Wobei Lorenz bei mir Türen öffnen konnte, von denen ich noch nicht einmal ahnte, dass es sie gab. Er war es auch, der mich ermutigte zu schreiben.

Er meinte: "Lennet, versuche es einfach, lass deinen Gedanken, deinen Gefühlen, deiner Fantasie freien Lauf. Mitunter ist Schreiben leichter als Sprechen."

So begann ich zu schreiben. Kurze Geschichten und lange Geschichten. Lorenz gab mir ein Stichwort, ich recherchierte und gab meinen Protagonisten Aussehen und Charakter. Meiner Fantasie waren keine Grenzen gesetzt. Nach jeder vollendeten Geschichte fühlte ich mich besser.

Inzwischen konnte ich ohne zu stocken in Gegenwart von Klara und Lorenz vorlesen.

Dann bat mich Klara, sie in ihren Literaturkreis zu begleiten.

Sie bemerkte meine Panik und meinte:

„Lennet, du bist nur dabei. Schau zu und höre hin. Es sind Menschen wie du und ich, Menschen, die genauso viel Freude am Schreiben haben wie wir und ihre Geschichten vortragen wollen."

Seit diesem Abend bin ich ein festes Mitglied des Literaturkreises. Kaum eine Lesung habe ich versäumt. Es kommen immer wieder neue schreibbegeisterte Menschen dazu – und andere bleiben weg. Miranda Schulz, eine korpulente, ständig penetrant nach schwerem, süßem Parfüm riechende, sehr forsche Person, Ende Fünfzig, gehört zu den Gründungsmitgliedern des Kreises. Ebenso Klaras Kollege Theo und Anita, Mutter von vier Kindern, die ihre Geschichten meist nachts schreibt, wenn ihre Kinder schlafen.

Die ersten Male ging ich nur mit Klara dorthin. Schwieg, hörte zu und beneidete die anderen, weil sie selbstsicher am Rednerpult ihre Werke vortrugen.

Meine Mappe war voll, aber noch nie hatte ich etwas von mir vorgelesen. Anfangs stand Klara mit einer Geschichte von mir am Rednerpult, entschuldigte mich bei den Anwesenden mit den Worten:

„Lennet darf wegen einer chronischen Stimmbandentzündung nicht sprechen, deshalb werde ich seine neueste Geschichte vortragen."

Klara kannte alles was ich bisher geschrieben hatte und sie wusste, wann eine kurze Pause gemacht werden sollte, welche Passagen langsam, welche schneller, leiser oder lauter gelesen werden sollten.

Als sie dort am Rednerpult stand, mit viel Einfühlungsvermögen mein Werk vortrug und sich immer wieder eine widerspenstige rote Haarsträhne aus dem Gesicht strich, sah ich plötzlich eine andere Klara vor mir. Rote Locken, wunderschöne, braune Augen, eine kleine sanft geschwungene Nase – über und über mit Sommersprossen bedeckt. Sommersprossen, die sich auch über den Ansatz ihrer kleinen Brüste verteilten und den Anschein erweckten, als würden sie gebündelt ins Dekolletee rutschen. Sie war vertieft in mein Manuskript. Sie lächelte beim Lesen, wobei sich neben den Mundwinkeln kleine Grübchen bildeten.

Mir wurde erst bewusst, dass ich sie noch immer anstarrte, als es plötzlich still wurde. Klara schaute irritiert zu mir herüber. Ich fühlte mich ertappt. Zu allem Überfluss wurde ich auch noch knallrot.

Die Anwesenden applaudierten. Mein humorvoller, sensibler und prägnanter Schreibstil kam offensichtlich an.

Eines Tages, ich fiel aus allen Wolken, teilte mir Klara ihren Entschluss mit: „Lennet, ab heute werde ich nie wieder eine deiner Geschichten vorlesen. Du kannst schreiben, dann kannst du auch lesen, basta!"

Lorenz musste lachen: „Klara hat recht. Du musst es üben Lennet, immer wieder üben. Stell dir einfach vor, nur Klara und ich sind anwesend. Du kannst es, du kannst es sogar sehr gut!"

Es dauerte sehr, sehr lange, bis ich es schaffte auch bei der offiziellen Lesung zum ersten Mal etwas von mir vorzutragen.

Inzwischen kümmere ich mich sogar um sämtliche

Belange unseres Vereins. Telefoniere mit Ämtern, organisiere Abende, an denen auch Hobbymusiker ihre eigenen Stücke spielen oder vorsingen können.
Ich habe meine Angst verloren.
„Lennet, wo bist du mit deinen Gedanken? Beeile dich, du solltest wirklich nicht zu spät zur Lesung kommen!"
„Ja, ja, Lorenz, danke, ich bin schon auf dem Weg."

Auf der Fahrt dorthin dachte ich weiter über mein zurückliegendes Leben nach.
Bevor ich Klara und Lorenz kannte, war mein Leben eine Katastrophe. Psychisch krank, von Ängsten und Panikattacken gepeinigt, hangelte ich mich von einem Tag zum nächsten. Klinikaufenthalte, oft monatelang, waren normal. Ohne Psychopharmaka und Therapien wäre ein Weiterleben für mich nicht möglich gewesen.
Lorenz, in seiner liebevollen, unaufdringlichen Art, fand den Zugang zu mir. Stückchenweise konnte ich mich ihm öffnen. Ich redete über Geschehnisse, die bis dahin für mich unaussprechbar waren – über meine Kindheit – über Dinge, die tief aus meinem Innersten nach oben gespült wurden. Manchmal hinderte mich ein Weinkrampf am Weitererzählen. Lorenz nahm mich dann in den Arm und hielt mich so lange fest, bis ich mich beruhigt hatte. Einige Male schlief ich vor Erschöpfung in seinem Wohnzimmer ein.
Gelegentlich war auch Klara dabei, das störte mich nicht. Ich wusste um die bedingungslose Freundschaft und Liebe, die sie mir entgegenbrachte.
Es war ein langer, anstrengender Weg. Letztend-

lich konnte ich irgendwann auch auf meine Medikamente verzichten.

Noch immer in Gedanken, hatte ich bereits unser Vereinshaus erreicht und auch eingeparkt. Meine Mappe, in der sich meine neue Geschichte befand, klemmte ich mir unter den Arm und betrat den Raum. Klara war schon da und kam mir strahlend entgegen.

Ich begrüßte alle Anwesenden mit ein paar einleitenden Worten. Mein neues Manuskript lag vor mir und ich eröffnete mit ihm die heutige Lesung.

„Mein neues Werk, liebe Zuhörer, trägt den Titel: „Das zweite Leben"

Ich schrieb über mein früheres Dasein und über den Moment, als ich Klara und Lorenz kennenlernte. Unsere Namen hatte ich in meiner Geschichte geändert. Ich schrieb über meine Gefühle, über Sichtweisen. Ich schrieb von Liebe und von Dankbarkeit.

Als ich die Mappe zuklappte, herrschte absolutes Schweigen.

Theo, Klaras Kollege, stand auf und kam auf mich zu.

„Lennet, das war das Beste, was ich jemals von dir gehört habe. Ich denke, du solltest endlich versuchen einen Verlag zu finden, der deine wunderbaren Geschichten veröffentlicht."

Inzwischen stand auch Klara dicht neben mir. „Lennet, was du da eben gelesen hast, hörte sich an wie eine Liebeserklärung!"

Ich schaute sie an, nickte - und zog sie behutsam in meine Arme.

Seit zwei Jahren leben Klara und ich nun zusammen. Gemeinsam haben wir ein Buch mit dem Titel „Der lange Weg" geschrieben und genau heute, am Geburtstag von Lorenz, wird es im Handel erscheinen. Wir haben Lorenz, unseren Freund und Mentor, nichts davon erzählt, es soll eine Überraschung werden.

Sabine Wreski
Metamorphose

Spät und früh dient sie die
grüne Sperrige
mit den vielen Taschen

Und immer ein sich Ausschenken an
der Theke des Lebens ein
sich Einfordern sich
Sammeln kurz und klein ein
sich Kochen mit Wasser am
Durchlauferhitzer reiner Freundlichkeit ein
sich Erklingenlassen am
Gedicht dumpfer Alltagscluster ein
sich Verlesen aus alten Rezepturen ein
Wunschkonzert verausgabt am Tresen des Seins

Doch dann
aus einem Nichts hervorgestaltet
schäumend rauscht das Fell
erklingt das Holz und
ruft der Vogel leise

Sieh
die Aufbrüchige

Patricia Strunk
Der Schundroman

Ingrid umklammerte den heißen Becher, doch selbst der Kaffee konnte die Kälte nicht aus ihren Händen vertreiben. Durch das Fenster betrachtete sie die englischen Rosen in ihrem kleinen Garten. Raimunds kleinem Garten. Es würde wohl der letzte Sommer sein, in dem sie sich an der Blütenpracht erfreuen konnte. Von ihrer schmalen Rente konnte sie sich die Miete nicht länger leisten und ihr Sohn hatte nicht das geringste Entgegenkommen gezeigt.

Ihr Blick streifte den Brief auf dem Couchtisch. *Tut mir leid, Mutter, aber ich habe auch meine Verpflichtungen*, hatte er auf ihre Bitte, die Miete zu reduzieren, geantwortet. *Wenn Du die Miete nicht zahlen kannst, musst Du ausziehen und Dir eine Wohnung nehmen. Ich bin Dir bei der Suche gern behilflich.*

Ingrid schnaubte. Natürlich würde er ihr nur zu gern dabei helfen, in eine Wohnung zu ziehen, damit er das Haus anschließend noch teurer vermieten konnte.

Von wem hatte Raimund nur diese Hartherzigkeit und Geldgier geerbt? Von ihr jedenfalls nicht, so viel stand fest. Nach seinem Vater kam er allerdings auch nicht. Hans war zwar sparsam gewesen, aber nicht geizig. Er hätte niemals zugelassen, dass Raimund seine eigene Mutter ausnahm wie eine Weihnachtsgans und ihr damit drohte, sie vor die Tür zu setzen, sollte sie die Miete auch nur einen Monat lang schuldig bleiben.

Natürlich könnte sie ihren Pflichtteil einfordern,

nur würde sie ihr Elternhaus dadurch erst recht verlieren, müsste Raimund es doch verkaufen, um sie auszuzahlen. Nein, das kam nicht infrage.

Ingrid trank den inzwischen kalt gewordenen Kaffee aus und stellte den Becher auf dem Brief ab. Mit Genugtuung beobachtete sie, wie ein brauner Tropfen an der Außenseite entlang rann und einen hässlichen Fleck auf dem Papier hinterließ.

Hätte ihre Mutter das Haus doch nur nicht an ihren Enkel gegeben! Ingrid hatte nie verstanden, was Else dazu bewogen hatte, sie, ihre einzige Tochter, in der Erbfolge zu überspringen, und Raimund das Haus zu vererben. Dabei hatten sie jahrelang zusammen in dem Haus gewohnt. Nach Hans Tod war Ingrid mit Raimund zu ihrer Mutter gezogen und auch wenn es gelegentlich Streit gegeben hatte, war ihr Zusammenleben alles in allem harmonisch verlaufen. Gewiss, Else hatte einen Narren an Raimund gefressen und ihn nach Strich und Faden verwöhnt, sodass Ingrid ihre Mutter manchmal schon hatte stoppen müssen, aber sie hatte nicht damit gerechnet, dass deren Liebe zu ihrem Enkel so weit gehen würde, ihrer eigenen Tochter das Dach über dem Kopf wegzunehmen.

Umso schockierter war Ingrid gewesen, als der Notar das Testament eröffnet hatte. Else hatte ihr lediglich das bisschen Geld auf ihrem Konto sowie ein paar wertlose Antiquitäten vermacht. Das Haus hatte Raimund bekommen – und sie nicht mal ein Wohnrecht. Sie war ihrem Sohn auf Gedeih und Verderb ausgeliefert. Hatte ihre Mutter darüber auch nur eine Sekunde lang nachgedacht? Sie hätte doch wissen müssen, was sie ihr damit antat. Nun gut, niemand hatte ahnen können, dass Raimund einen derart schlechten Charakter an den Tag legen würde. Obwohl erste Anzeichen da gewesen waren. Sie hatte sie nur nicht sehen wollen – und ihre Mutter noch viel weniger.

Ingrid fuhr über die Regalbretter, die ihr Vater selbst zugeschnitten und lackiert hatte. Er hatte viel im Haus selbst gemacht, aber am meisten liebte sie das weiße Bücherregal, das die gesamte Breite des Wohnzimmers einnahm. Es beherbergte alle Arten von Büchern: Bildbände, historische Romane, Klassiker, Gedichtbände, Liebesromane, Krimis, Reiseführer. Ingrid hatte höchstens die Hälfte davon gelesen. Manche Bücher standen schon seit Jahren an ihrem Platz. Ihre Mutter hatte Schundromane verschlungen, mit denen Ingrid so gar nichts anfangen konnte. Hin und wieder hatte sie eines der Bücher aus dem Regal genommen, nur um es, bereits vom Cover abgeschreckt, wieder zurückzustellen. Heute allerdings kamen ihr die kitschigen Liebesgeschichten wie gerufen. Was war besser geeignet, um ihre Situation für eine Weile zu vergessen?

Ihre Augen glitten über die Titel. *Küsse im Rosengarten*, das passte doch. Sie zog den Roman aus dem Regal, überflog den rückseitigen Text, der so schwülstig war wie erwartet und schlug das Buch auf.

Ein zusammengefaltetes Stück Papier fiel heraus und flatterte zu Boden. Ingrid bückte sich und hob es auf. Noch während sie den Bogen entfaltete, erkannte sie die zittrige Handschrift ihrer Mutter.

Mein letzter Wille entzifferte sie mit Mühe die Überschrift.

Ein zweites Testament? Rasch las sie weiter.

Dieses Testament macht alle bisherigen ungültig.
Ich verfüge hiermit, dass meine Tochter Ingrid das Haus nebst Grundstück erben soll. Nach ihrem Tod soll mein Enkel Raimund das Haus erhalten.

Unter Elses Unterschrift fand Ingrid endlich ein Datum. Ihre Hand begann zu zittern. Ihre Mutter hatte dieses Testament nach dem notariell verkündeten verfasst!

Sie sank auf den Sessel. Noch einmal las sie das Testament, starrte das Datum an, blinzelte, wartete darauf, dass die Ziffern sich umformten und ihr die schmerzhafte Wahrheit verkündeten. Doch ihre Augen hatten ihr keinen Streich gespielt. Das Testament, das sie vor sich liegen hatte, war jünger als das andere.

Mit wackeligen Knien stand sie auf und trat erneut ans Fenster. Langsam breitete sich ein Lächeln auf ihrem Gesicht aus. Sie würde die Rosen auch im nächsten Jahr in Blüte erleben.

Petra Klingl
Bücherzimmer

Schwer
Fallen Geschichten
Aus vergilbten Büchern
Verengen den Raum
Drängen mich
Zwischen die Zeilen

Daniela M. Fiebig
Erinnerungen

„Ich hab mich noch gar nicht vorgestellt", sagte er und streckte mir artig seine Hand entgegen. „Marcel Schittauf."

Er hatte keine Chance. Nicht mit diesem Namen!

Der *BOL* war ein Club der besonderen Art. Rebekka Morgenstern, die gebürtige „Ostsee-Sprotte", hatte ihn ins Leben gerufen. „Wenn es schon Rheinland-Pfälzer fertig bringen, einen Heimat- und Businesstreff zu arrangieren", schrieb die vom Heimweh gequälte Neu-Berlinerin in ihrem Blog, „können wir Nordlichter das erst recht!" Und schon war die Gruppe *Berliner Ostsee-Liebhaber* gegründet.

Über ihr Profil war ich zufällig gestolpert. Die Freundin der Freundin meiner Bürofreundin Kerstin Berger hatte vor einem halben Jahr ein Foto geliked, das eifrig geteilt wurde: Abendstimmung, silbern glitzerndes Wasser und das Köpfchen einer Ringelrobbe. *Wustrow am Saaler Bodden* und *Blick von der Seebrücke* stand in dem Post zum Bild und sofort war meine Kindheit an der Ostsee vor meinem inneren Auge lebendig geworden. Und die seltenen Strandspaziergänge mit meiner Mutter, die ich so geliebt hatte. Wahrscheinlich hätte ich es dabei belassen sollen, aber mein Finger war schneller als mein Verstand und der Button „Seite gefällt mir" flugs gedrückt.

Die Einladung zum Treffen der *Berliner Ostsee-Liebhaber* trudelte vor einigen Wochen ein. Ich würde sie ignorieren, beschloss ich.

Kerstins Geburtstag lag jetzt schon drei Wochen zurück. Nach einem hektischen Arbeitstag, der ungeplant in die Verlängerung gegangen war, verlegten wir die „Party" ihres Einunddreißigsten zwangsweise an den Schreibtisch – mit Essen vom *Assam-Take-away* und Limo aus der Dose. Heute wollten wir zwei das Fest endlich nachholen.

Kerstin wollte ins *Neolie*. Ich hatte nichts dagegen, der Laden war nett, verfügte über einen großzügigen Barbereich und Tische, an denen man sich ungestört unterhalten konnte. Normalerweise. Heute könnten wir im *Neolie* viele coole, neue Leute treffen, sagte Kerstin, sie wollte unbedingt Rebekka Morgenstern persönlich kennenlernen, die ja schon online „so eine Nette" ist. Mein Like für den Ostsee-Club hatte ich längst vergessen, das Abo gekündigt.

Und nun stand ich hier, mitten im Treffen der Ostsee-Liebhaber, das ich hatte vermeiden wollen, und Marcel Schittauf, der interessante, gut aussehende Sport-Segler, lächelte mich charmant an.

Marcel! Mir glitt ein Schauer über den Rücken, viel zu hastig leerte ich mein Glas.

Es ist doch nur ein Name, redete ich mir ins Gewissen, kein Grund den leckeren Ostsee-Happen zu verschmähen, der vor mir stand. Doch sein Name hatte Verknüpfungen geöffnet und nacheinander ploppten vor meinem geistigen Auge Bilder aus meiner Jugend auf:

Ein Reisebus; fröhliche Teenager; meine hektisch gestikulierende Lehrerin Luise – und Marcel Borg, der auf dem Sitz hinter mir Platz nahm.

Damals hielt ich das für eine glückliche Fügung.

Aber schon bald danach wünschte ich mir, dass meine Sprachreise nie stattgefunden hätte. Kein Spaß mit Freunden, kein Flirt mit Marcel, kein wohliges Kribbeln und dafür heute kein Krampfen im Magen, das sich einstellte, wenn ich nur an diese Fahrt dachte. Oder den Namen Marcel hörte! Ich hatte mich amüsiert, während ... Ich wollte nicht daran erinnert werden und konnte es dennoch nicht verhindern. Die Vergangenheit tauchte wieder vor mir auf:

Der Reisebus hielt an der Fernbusstation am Messedamm, das Gepäck wurde ausgeladen und Marcel küsste mich, für alle sichtbar, leidenschaftlich auf den Mund.

Ich sah, wie Vater sich abwendete.

Ich bin fast siebzehn, alt genug, dachte ich knurrig.

Etwas verloren stand er abseits und wartete, bis ich mich von meinen Freunden verabschiedet hatte.

Während der Heimfahrt erzählte ich meinem Vater von den elterntauglichen Ereignissen der Reise: von den zahlreichen Ausflügen, die wir gemacht hatten, den netten Gasteltern und vom Fortschritt meiner Sprachkenntnisse. Er nickte, quittierte meine Ausführungen mit einem „Hm" oder „Aha" oder schwieg.

Ich konnte es nicht erwarten, meiner Mutter in die Arme zu fallen und ihr von meinen Abenteuern zu erzählen. Die zwei Wochen im französischen Elsass waren so aufregend gewesen! Ich raste aufgedreht durch unser Haus. „Mum?", rief ich mehrmals, aber eine Antwort blieb aus.

Mum war nicht im Wohnzimmer und auch nicht in der Küche, sie war gar nicht daheim.

„Wo ist Mum?", fragte ich meinen Vater, aber er beeilte sich, meinen Koffer nach oben zu tragen.

Später dann stand er dann müde mitten im Wohnzimmer. „Johanna, bitte setz dich doch einen Moment zu mir", bat er.

Ich wollte nicht, musste ich doch dringend meiner Freundin Silke Bescheid geben, dass ich wieder im Lande war. Aber etwas in Vaters Stimme ließ mich aufhorchen. Und auch nannte er mich sonst nie bei meinem vollen Namen. Ich kam seiner Aufforderung nach, obwohl ein bockiger kleiner Gnom in meinem Bauch forderte, ich müsse dringend das Haus verlassen. „Mann ey, muss das jetzt sein?"

Während Vater seine Fingernägel inspizierte, suchte ich den Garten mit Blicken nach Veränderungen ab. Waren die Pfingstrosen schon abgeblüht oder verblüfften sie mich erneut – wie schafften sie das nur: erst eine winzige Kugel und dann diese gewaltige Blüte?! Und waren die …

„Johanna", unterbrach Vater meine Gedanken, „ich muss dir etwas Wichtiges sagen." Er stockte. „Deine Mutter … also sie … Also deine Mutter hatte einen Unfall."

Ich erinnere mich noch genau an den neunzehnten Juni: Marcel und ich wurden offiziell ein Paar – es war der Todestag meiner Mutter. Kein Marcel hätte je wieder eine Chance.

Rose-Mary Hein
Mein Stern

Sterne, die am Himmelszelt
seit Ewigkeiten funkeln,
bis heute sind sie ungezählt,
zeigen sich nur im Dunkeln.

Mein Stern,
er glitzert, funkelt, blinkt
heut ganz besonders helle.
Bewegt sich
erstmals von der Stelle,
losgelöst vom Universum;
Ganz allein auf sich gestellt,
nähert er sich meiner Welt.

Verzweifelt
zeigt er seine Pracht,
erhellt
noch einmal diese Nacht.
Ich seh'
wie er ums Leben ringt,
zischend dann im Meer versinkt.

Ich weine,
als es dunkel wird,
um meinen Stern,
der vor mir stirbt.

Oben dort am Himmelszelt,
wo viele Sterne funkeln,
noch nicht mal eine Lücke ist,
niemand, der meinen Stern vermisst.

Renate Gutzmer
Mishmish

Sina
Im Camp muss ich den linken Gang meiden, der zum Männerwohnheim führt. Da stehen sie, dichtgedrängt. Alte, Junge, und starren mich an.

Einer verfolgt mich seit Tagen. Ich muss hier weg, packe meinen Rucksack und fliehe. Da kommt er mir entgegen, lässt mich nicht vorbei, drängt sich an mich. Schweißgeruch und saurer Atem. Er reibt sich an mir. Mir wird schlecht. Wie soll ich das je meiner Mutter erzählen? Sie würde sich die Augen ausweinen.

Maria
Mit übereinandergeschlagenen Beinen saß Lizzy im Café Tambosi in der Ludwigstraße und sah auf die vorüberhastenden Menschen. Die Herbstsonne schien ihr ins Gesicht und löste eine sanfte Welle von Erregung aus. Sie wartete auf Maria, ihre frühere Schulkollegin. Dass sie zu spät kam, war ungewöhnlich, denn sie galt als zuverlässig und selbstlos.

Wie erstaunt war Lizzy, als eine halbe Stunde später Maria um die Ecke bog, die Wangen erhitzt, die neue grüne Lederjacke nachlässig offen. Sie schnaubte und stieß eine Entschuldigung hervor. Gleichzeitig blätterte sie in der Karte und bestellte einen großen Becher Aprikoseneis mit Sahne. Die orangenen Früchte leuchteten zwischen grünen Kiwis und Waffeln, ein Papierschirmchen schmückte die Spitze.

„Ist etwas geschehen?", fragte Lizzy.

„Das könne man wohl sagen", rief Maria. Nach einer Pause, in der sie umständlich den Löffel ableckte, stieß sie hervor:

„Ich habe jetzt auch einen Flüchtling!"

Ihre Freundin riss die Augen auf.

„Was heißt das?", fragte Lizzy.

„Das heißt, dass ich eine Syrerin bei mir aufgenommen habe", trumpfte Maria auf. „Man kann doch nicht tatenlos zusehen, wie die jungen Flüchtlingsfrauen in den Massenunterkünften verkommen!"

Nachdem sie den Eisberg verschlungen hatte, gab sie nähere Auskunft. Sina heiße das Mädchen, sei sechsundzwanzig Jahre alt, komme aus Damaskus und habe Psychologie studiert.

„Sie trägt zwar ein Kopftuch, aber sie ist ansonsten ganz normal und sehr aufgeschlossen. Wir können über alles miteinander reden", erzählte Maria stolz.

„In welcher Sprache denn?"

„Französisch, den Rest besorgt die Übersetzungs-App. Ich kann schon ein paar Wörter Arabisch. Mishmish heißt Aprikose. Sie fühlt sich sehr wohl bei mir. Aus dem Camp musste sie raus, da war sie nämlich nicht mehr sicher. Du weißt schon, Männer …"

Marias vom Wind zerzauster Kopf näherte sich dem ihrer Freundin, als wolle sie ihr etwas sagen, was niemand hören sollte.

„Die jungen Araber stehen ja mächtig unter Druck!", zischte sie. „Niemand kann da sicher sein!"

Lizzy zog die Stirn kraus. Was war mit ihrer sonst so besonnenen Freundin geschehen?

„Und was isst sie?" fragte sie, um auf neutralen Boden zu kommen.

„Natürlich nur halal. Wir kaufen beim Türken. Aprikosen mag Sina besonders."

„Bekommt sie Geld vom Amt?"

Maria wirkte jetzt noch erregter und wischte sich Feuchtigkeit aus den Augen. „Wo denkst du hin! Sie ist völlig mittellos, ich bezahle alles. Stell dir vor, ihre Mutter ist gerade ins Krankenhaus eingeliefert worden und braucht dringend Medikamente. Da habe ich ausgeholfen, ihr gleich 200 Euro gegeben."

„So, so." Lizzy war sicher, das alles schon einmal gehört zu haben, sie wusste nur nicht mehr wo. Die Flüchtlinge, die sie betreute, bekamen alle Unterstützung. Aber Maria ging es gut wie lange nicht mehr. Warum sollte sie nicht großzügig sein?

„Stell dir vor!" Maria legte jetzt eine Hand auf Lizzys Arm. „Sie beginnt schon nach unseren Werten zu leben! Richtig verliebt war sie in eine Jeansjacke von Chanel. Jetzt trägt sie die jeden Tag. Sieht süß aus und passt verdammt gut zu ihrem neuen Kopftuch!"

Maria seufzte vor Behagen.

Sina
Immer wieder dieselben Träume:
Explosionen, Staubwolken, Leichengeruch aus Ruinen. Ich muss hier weg. Ich hole meinen Rucksack, renne so schnell ich kann. Aber mein Körper ist steif, meine Beine gehorchen mir nicht. Ich bleibe stehen. Panzer rollen auf mich zu, das Rohr zielt genau auf meinen Kopf.

Ich hocke in einer Ecke auf dem Deck unseres kleinen Bootes, in dichtgedrängter Reihe, auf nassem Boden. Meinen Rucksack halte ich an den Bauch gepresst. Eiskalte Wasserspritzer in meinem Gesicht. Riesige Wellen direkt vor und um uns.

Maria
Anfang Dezember sahen sich die Freundinnen wieder. Maria lud Lizzy zum Essen ein. Natürlich original syrisch. Sina kochte.

„Das bekommst du in keinem Lokal in Berlin", hatte Maria getönt. Sina sei inzwischen für sie wie eine Tochter, eine Schwester, eine Freundin. Da kam sie ins Stottern und wurde rot. Lizzy staunte. „Ich komme sehr gern", sagte sie.

Als sie Marias kleine Wohnung betrat, wurde sie eingehüllt in einen Duft orientalischer Gewürze. Sie wisse nicht genau, wie die alle hießen, flüsterte Maria, Kardamom sei dabei, Tahini und Minze. Aus der Küche war das Klappern von Töpfen und Pfannen zu hören.

Endlich erschien Sina. Die Überraschung war, dass sie ihr Haar offen trug. Lachend erklärte Maria, dass Haare und Kinn als erotische Zonen nur vor begierigen Männerblicken verhüllt werden müssten.

„Aber nicht unter uns Frauen!" Maria stellte Sina lächelnd vor. Diese sah nur kurz auf, weil sie beschäftigt war mit dem Servieren. Hühnersuppe, Gemüse, gebratenes Hähnchen, Pommes, süße Kuchen mit Aprikosen, Honig und Kokosflocken. Sinas Handgriffe waren sicher und fest. Sie war eine attraktive junge Frau in Jeans und T-Shirt. Doch ihre Mine war düster. Den Grund hörte Lizzy von Maria: Sinas Familie sei seit drei Tagen nicht erreichbar. Die Nachrichten meldeten die Bombardierung ihres Stadtteils.

„Wir haben zusammen geweint", berichtete Maria. Sina reichte Kuchenstücke herum. Lizzy nannte Sina und Maria ein „Dreamteam".

„Es schmeckt ausgezeichnet", sagte sie. „Wo haben Sie das gelernt?"

„Meine Mutter." Es blieb bei einsilbigen Antworten. Dafür redete Maria umso mehr, erzählte von der syrischen Familie, als ob es ihre wäre, von dem sunnitischen Glauben, den strengen Vorschriften für den Alltag. Es blieb unklar, wie viel Sina verstand und ob sie mit allem einverstanden war. Nach dem Essen räumte sie schweigend ab. Wieder hörte man das Klappern von Töpfen und Geschirr, nach dem Abwaschen verschwand sie in ihrem Zimmer.

„Alles in Ordnung?", fragte Lizzy mit gedämpfter Stimme.

„Aber ja! Du siehst ja, wie gut es uns geht."

Lizzy schien die junge Frau ganz und gar nicht zufrieden zu sein, sondern eher verzweifelt und einsam.

„Ihr versteht euch ja prächtig!", sagte sie stattdessen.

„Es ist wie ein Wunder!" Marias Wangen hatten wieder eine rötliche Färbung angenommen. „Neulich hat sie mich auf den Mund geküsst!"

„So?" machte Lizzy. „Dann bist du ja jetzt ihre Mama." Maria lächelte verlegen.

Sina
Ich hab jetzt wieder eine Mutter. Sie lächelt mich an und schließt mich in ihre Arme. Ich muss keine Angst mehr haben.

Da rast eine Furie auf mich zu: „Wo ist der Käse von gestern?"

Ich habe damit Teigtaschen gebacken, die isst du doch so gern.

Maria
Lange hörte Lizzy nichts mehr von ihrer Kollegin. Sie meldete sich weder telefonisch noch per Mail. Ob sie verreist war? Aber sie würde doch Sina nicht allein lassen.

Endlich, im April, rief Maria an. Sie sei krank gewesen, erklärte sie. Ihre Stimme klang merkwürdig hohl.

„Wie geht es Sina?" fragte Lizzy.

„Dieses Miststück! Mit der bin ich fertig!

„Aber warum...?"

„Da fragst du noch? Du weißt genau, dass sie mich belogen und betrogen hat! Benutzt hat die mich!"

„Wie... was..."

„Geld hat sie geklaut, Lebensmittel gestohlen. Als wir nicht mehr miteinander reden konnten, ist sie nächtelang weggeblieben, angeblich bei einer arabischen Familie. Dreck war ich für sie. Unsere Liebe... hat sie mir vorgespielt, um mich besser ausnehmen zu können!"

„Maria!", rief Lizzy, als könne sie ihre Kollegin aufwecken.

„Du weißt doch gar nicht, was in Sina vorging, was sie erlebt hat, wie sie dich erlebt hat. Sie kam traumatisiert und mittellos hier an. Wir haben alles im Überfluss. Für sie stand der Kampf ums Überleben im Vordergrund. Da kann man nicht einfach umschalten

– auf das westliche Komfortprogramm und den verlangten Anstand!"

„Angezeigt habe ich diese Hure!", schrie es von der anderen Seite. „Du verteidigst sie noch? Wer fragt denn nach mir? Aber ich habe mich einer Gruppe von Menschen angeschlossen, die mich verstehen und unterstützen. Die sehen nicht tatenlos zu, wie unser Land verkommt, ertrinkt in der Flüchtlingswelle… Sollen sich doch andere Länder mit diesem Asyltourismus herumschlagen!"

Lizzy war nun hellwach. „Maria!", rief sie wieder. „Wach auf! Du kannst dich doch nicht auf die Seite von Rassisten stellen!"

„Das sagst Du! Denen ist wenigstens unsere Heimat gut und teuer. Die jungen Araber, die sich hier an unseren Töchtern vergreifen, sollen zurück in ihre eigene Heimat und die wieder aufbauen!"

„Denk doch an eure Anfangszeit zurück, es war schön mit euch. Die Aprikosen…" Lizzy wusste selber, wie hilflos sie jetzt klang.

„Maria!", flehte sie.

Aber Maria hatte schon aufgelegt.

Sina
Ich kann fliegen! Ich wusste nicht, dass ich fliegen kann! Die Hände dicht am Körper, die Beine eng zusammengepresst. Immer höher. Ins Blaue hinein. Mein Kopf ist über den Wolken. Mutter, ich habe dich nicht vergessen. Mutter, ich komme.

Martin A. Völker
Wund gewendet

Alte Männer kotzen kreisend
Kalte Speisen in den Sommer
Walte Deutschland deines Amtes
Falte Flieger mit Raketen

Wende Teutons Fastnachtszüge
Ende Hetzers Hassgesänge
Schände neue Galgengänge
Fände ich doch Bernsteinwege

Martin A. Völker
Dan Stocker und der rote Eber

Nach meinen Vorträgen werde ich oft gefragt, wie man das werden könne: Geisterjäger. Ich winde mich dann immer etwas, weil ich weiß, dass sich viele Leute ganz falsche Vorstellungen machen. Sie denken an schreckliche Monster und Untote, mit denen ich Tag für Tag kämpfen muss. Aber weit gefehlt. Selten passiert etwas, was der Rede wert ist. Die meiste Zeit geht mit Recherchen in Archiven und Bibliotheken dahin, was jedem meiner Zuhörer als erzlangweilig vorkommen würde. Und so beantworte ich ihre Frage, indem ich sage, dass ich mehr Zeit darauf verwenden müsse, ganz anderen Gespenstern nachzujagen, das Gespenst der drohenden Zahlungsunfähigkeit stünde da an erster Stelle. Fast alle halten das für eine spaßige Bemerkung und für Koketterie. Das sind jene Augenblicke, in denen ich an meinen ersten Fall zurückdenke:

Vor zehn Jahren saß ich an einem wüsten Herbstabend in einer Bar am Kurfürstendamm. Im Schein flirrender Lichter las ich wieder und wieder den Brief, den mir mein Vermieter am Vortag zugestellt hatte, in dem er mir die Zwangsräumung androhte, wenn nicht endlich die Miete überwiesen würde. Da war guter Rat teuer. Zerknirscht verließ ich die Bar, fuhr nach Hause. In den Abend- und Nachtstunden verzichtete ich darauf, in der Wohnung das Licht anzuschalten, um meinen Vermieter vom Gedanken an meine Anwesenheit abzubringen. Das Lämpchen meines Anrufbeantworters leuchtete. Jemand hatte mir eine Nachricht hinterlassen. Es war Heinrich Kargow, ein

Studienfreund, der als Veranstaltungsreferent für das Schloss Charlottenburg arbeitete. Länger hatten wir nichts voneinander gehört, er war schwer beschäftigt. Kargow teilte mir mit, dass er wieder viel Zeit hätte, weil alle Konzerte und Führungen im Schloss bis auf Weiteres gestrichen worden seien. Schuld daran wäre ein roter Eber. Glucksend bat er um Rückruf und legte auf. Ich hielt das für den Einfall einer weinseligen Stimmung. Es wollte mir nicht in den Sinn, was ein Wildschwein mit einer musikalischen Darbietung zu tun haben könnte. Wildschweine gibt es viele in Berlin, was aber niemanden weiter stört. Schon gar nicht im Herbst, wenn man sich zumeist drinnen aufhält. Um mich von meinen eigenen Problemen abzulenken, rief ich Kargow am nächsten Tag an und wir verabredeten uns für den Abend.

Beim Bier, auf das mich Kargow einlud, verriet er mir, dass sich die gesamte Verwaltung des Schlosses in heller Aufregung befände. Niemand traue sich, die Gänge und Säle zu betreten, seitdem eine Besucherin von einem roten Eber durch die Räume gejagt worden sei. Nur mit Mühe und Not konnte man der Frau ausreden, die Polizei und die Presse einzuschalten. Geld sei wohl auch geflossen. Ich traute meinen Ohren kaum. Wer die Berliner Kulturverwaltung kennt, der weiß, dass sie keine Gelegenheit auslässt, um aus einer Mücke einen Elefanten zu machen und daraus einen neuen Hype und Touristenstrom abzuleiten. Jetzt also ein roter Eber, aus dem aber niemand Kapital schlagen wollte. Das war durchaus neu und seltsam. Dass man die arme Frau für ihr Schweigen sogar bezahlte, ging mir andauernd im Kopf herum. Zu vorgerückter Stunde und nach zahlreichen geleerten Gläsern bot ich meinem Freund meine Hilfe an. Ich erinnerte ihn daran, dass ich im Jahr zuvor eine aus der Mitte des 18. Jahrhunderts stammende Abhandlung über den Gespensterglauben neu herausgegeben hatte, die quasi meine Expertise darstellte. Wohlweislich verschwieg ich, dass mein Buch weder gelesen noch gekauft wurde. Freund Kargow, der eben so wenig nüchtern geblieben war, versprach, mein Hilfsangebot weiterzuleiten und wir trennten uns.

Am Tag darauf, es war ein Samstag, wachte ich heftig verkatert auf. An die Absprache mit meinem Freund verschwendete ich keinen Gedanken mehr. Spätnachmittags rief jedoch tatsächlich der aufgewühlt wirkende Verwaltungsdirektor Renko von Bodenstätt an. Ich nannte ihm meine Honorarvorstellung, die sich an meinem Mietrückstand und den Krankenkassenbeiträgen der letzten vier Monate orientierte, und prompt war ich, Dan Stocker, als Jäger des roten Ebers engagiert.

Ich muss dazu sagen, dass ich bis dahin Übersinnlichem keinen Glauben beimaß. Aber wer sich schon einmal in seinem Leben einer übergroßen, wutschnaubenden Wildsau gegenübersah, der kommt schnell auf den Boden der widernatürlichen Tatsachen zurück. Es geschah im Porzellankabinett des Schlosses. Ich hatte den Direktor darum gebeten, an drei Nachmittagen nach dem frühen Einsetzen der Dunkelheit allein durch die Räume wandeln zu dürfen. Im Porzellankabinett besah ich mich im Spiegel, prüfte meine Frisur, pfiff fröhlich vor mich hin, weil ich an das leicht verdiente Geld dachte. Da bemerkte ich im Spiegel, dass circa vier Meter hinter mir rötlicher Nebel aufstieg, der sich verdichtete und zu einem Wildschwein formte. Die Geräusche, die dieses Ding von sich gab, werde ich niemals vergessen. Wie das durchdringende, unausgesetzte Quieken einer vom Tod bedrohten Sau, vermischt mit dem Brüllen eines angeschossenen Löwen. Als der Eber sich anschickte, auf mich loszuspringen, drehte ich mich reflexartig um, und die Sache war vorbei. In anderen Räumen wiederholte sich alles.

Um es kurz zu machen: Ich prüfte, wie ich das aus dem Fernsehen kannte, ob es Bauvorhaben auf dem Schlossgelände gab. Ich hegte nämlich den Verdacht, dass eine bauliche Veränderung den durch die Historie eingeschlossenen Energiebezirk, das psychoenergetische Raum-Zeit-Gefüge, beschädigt hatte, was zu allerlei Absonderlichkeiten führt. Es war tatsächlich so. Im Jahr 1703 ließ der Hofbaumeister Eosander von Göthe bei der Erweiterung des Schlosses eine Siedlung abreißen, in der einige seiner italienischen Gastarbeiter wohnten, unter anderem eine Familie mit Namen Peladino. Der Vater, Carlo Peladino, wollte nicht weichen und er schrieb an den König, der wiederum Peladino der Teufelsbündelei bezichtigte und in den Kerker sperren ließ. Thomas Peladino, der Sohn des in Haft verstorbenen Carlo Peladino, rächte sich Jahrzehnte später. Als Wanderprediger, Quacksalber und Magier zog er herum und drang an einem Herbsttag des Jahres 1747 in die Schlossküche ein und verwandelte einen Küchenjungen in einen wilden Eber, der erlegt wurde, wonach man mit Erschütterung sah, dass es sich um den Gehilfen handelte. Im Küchentrakt sollten Wasserrohre erneuert werden, als ich dort weilte. Die Wand- und Bodenlöcher verschloss man unverrichteter Dinge. Trivial, aber wirksam: der Spuk endete.

Ich weiß, das alles klingt nicht besonders spektakulär, und trotzdem musste es einmal erzählt werden.

Nadja Felscher
Betrachtung

Spiegelwinde hauchen
über Ränder eisgerüsteter Halme.
Die frostige Fessel umfängt
den Saum der Wassergeburt.

Ein im Stroh
sich beugendes Doppel von Winzigkeit
im Treiben abertausender Segel.

Thorsten Falke
Ein Säufer, der keiner war

Aufgefallen war mir der junge Mann bereits, als ich die Stufen zum Strand heruntergelaufen kam: Er lag direkt vor dem Backsteinrondell, um das herum die Treppe abwärts führte. Jeder, der diesen Weg nahm, musste an ihm vorbei – und doch lag er weit entfernt von den übrigen Sonnenanbetern, die sich einen Liegeplatz in Wassernähe gesucht hatten.

Ich hatte mich zum Trocknen auf die parallel zum Strand verlaufende Betonbrücke gesetzt. Von dort sah ich die anderen Badegäste im Sand liegen: eine braun gebrannte Rentnertruppe, eine etwas mollige Blondine, einige mehr oder weniger beleibte Herren um die fünfzig, zwei junge Frauen, die offensichtlich ein Paar waren. Dass der einzelne junge Mann nicht mehr auf seinem Handtuch vor dem Rondell lag, nahm ich zuerst gar nicht wahr. Dann entdeckte ich ihn auf dem Steg, der vom Strand auf den Plötzensee hinausführte: Er ließ wie ich die Füße im Wasser baumeln und schaute zu mir herüber. Als sich unsere Blicke trafen, senkte er den Kopf, doch ich spürte, dass er mich beobachtete.

Beim nächsten Blickkontakt sah er nicht einfach weg: Er stand auf, lief bis zum Ende des Stegs und kam dann die Brücke entlang auf mich zu. Er war größer als ich, schlank, aber nicht besonders muskulös; sein Gang wirkte etwas schlaksig und er schien bemüht, so zu tun, als schlenderte er nur zum Zeitvertreib eine Promenade entlang.

Ich wandte mich ab und blickte wieder geradeaus

in Richtung Strand. Daraufhin hielt der junge Mann inne und setzte sich hin; uns trennten nur noch etwa zwei Meter voneinander. Er drehte mir den Rücken zu und schien die Leute zu beobachten, die auf den Terrassenstufen am gegenüberliegenden Seeufer saßen. Von Zeit zu Zeit aber spürte ich erneut seinen Blick auf mir ruhen und wenn ich dann zu ihm hinüberschielte, drehte er beschämt den Kopf weg.

Was wollte dieser Typ von mir? Sollte man nicht annehmen, dass sich auch unter Schwulen eher die Älteren für die Jüngeren interessieren – und nicht umgekehrt?

Nach einer Weile stand mein vermeintlicher Verehrer wieder auf, ging hinter mir vorbei zu einer Leiter und stieg ein paar Stufen hinunter. Als er bis zu den Knien im Wasser war, blieb er stehen und atmete einmal tief durch. Es war ganz offensichtlich: Er wollte mich ansprechen – aus welchem Grund auch immer, doch er traute sich nicht.

Ich blickte zu ihm hoch: Eigentlich hatte ich ja gegen ein Gespräch nichts einzuwenden – es wäre eine willkommene Abwechslung gewesen –, denn auch mir fiel es schwer, ohne konkreten Anlass auf Fremde zuzugehen. Aber die Art, wie er da auf der Leiter stand, wirkte auf mich so, als wollte er seinen Körper zur Schau stellen. Sollte ich also einfach aufstehen und weggehen? Oder ihm ins Gesicht sagen, er solle mich in Ruhe lassen? Das wäre nicht fair gewesen, denn: Er tat ja nichts! Er bedrängte mich nicht, er sagte nichts, er sah mich nicht einmal mehr an – er stand einfach nur da und wartete. Er wartete auf das erlösende erste Wort von mir.

„Na, ist dir das Wasser zu kalt?", fragte ich.

„Nee, nee", antwortete er sichtlich erleichtert, „es ist nur ... ich hab letzte Nacht 'n bisschen zu viel getrunken."

Ich merkte, wie er lallte.

„Ist mir noch nie passiert – wirklich. Ich weiß sonst immer, wo meine Grenzen sind. Aber diesmal – da bin ich in 'ner Ausnüchterungszelle aufgewacht."

Verdammt! Warum hatte ich bloß nicht meinen Mund gehalten? Jetzt durfte ich mir das Gelaber eines asozialen Säufers anhören.

„Und stell dir vor: Da haben die mich ..." Er brach unvermittelt ab und fragte: „Sag mal, für wie alt hältst'n du mich?"

„Hm ... fünfundzwanzig?"

Er sah mich etwas missmutig von der Seite an. „Na ja, ganz so alt bin ich noch nicht. Ich bin zweiundzwanzig. Aber die Wärter da heute, die haben mich für neunundzwanzig gehalten. Stell dir das mal vor!"

Nun, etwas verlebt siehst du schon aus, dachte ich. Doch da ihm seine plötzliche „Vergreisung" offenbar mehr zu schaffen machte als die durchzechte Nacht, tat es mir im Nachhinein leid, dass auch ich ihn ein paar Jahre älter gemacht hatte. Egal – mir drängte sich ein Verdacht auf, und deshalb fragte ich ihn geradeheraus: „Und wie alt schätzt du mich?"

Er wiegte prüfend den Kopf hin und her. „Sechsunddreißig?"

Volltreffer! Deshalb also war er die ganze Zeit um mich herumgeschlichen: Er wollte loswerden, was ihm in dieser Nacht passiert war und glaubte offenbar, ich würde vom Alter her gerade noch auf seiner

Wellenlänge schwimmen. „Oh, vielen Dank", erwiderte ich, „aber ich bin achtundvierzig."

Er riss erstaunt die Augen auf.

„Kommst du oft hierher?", fragte ich ihn.

„Nein, das ist das erste Mal heute. Aber ich mach das schon öfter im Sommer, dass ich ins Freibad gehe. Morgens, wenn ich von der Arbeit komme – so gegen sechs. Ich leg mich nur für'n paar Stunden hin, und dann geht's raus an irgend'nen Strand." Grinsend fügte er hinzu: „Na ja, auch wegen der Mädchen und so." Er verließ seine Stellung auf der Leiter und setzte sich zu mir. „Aber hier ist heute nicht viel los. Sieh mal, die da drüben – die Blonde." Er wies mit dem Kopf in Richtung Strand. „Wie findst'n du die? Also, bei *der* Figur – da regt sich bei mir wirklich gar nichts."

Ich musste schmunzeln. „Du, ich bin nicht mehr auf der Suche. Ich bin verheiratet."

„Ach so", entgegnete er. „Na, ich schon. Ich versuch's halt manchmal, wenn mir eine gefällt. Was soll schon passieren? Entweder die sagt: ,Verpiss dich!' – oder sie geht halt auf dich ein. Ist doch so, oder?"

Du Angeber, dachte ich: Vorhin hast du dich nicht einmal getraut, *mich* anzusprechen. Aber bei Frauen, da willst du am Strand der große Aufreißer sein? Ich nickte nur und versuchte, das Thema zu wechseln: „Und du hast echt erst morgens um sechs Feierabend?"

„Ja. Mein Bruder hat 'ne Disco, und da gehöre ich zum Sicherheitspersonal." Das Wort *Türsteher* kam nicht über seine Lippen. „Na ja, und als Bruder vom Chef, da bestimme ich natürlich, wo's langgeht", fügte er stolz hinzu.

„Und? Habt ihr viele Probleme – mit Drogen und so?"

„Ich kenne meine Leutchen, das kannst du mir glauben", antwortete er nickend. „Da gibt's einige, die machen gleich wieder kehrt, wenn die mich sehen. Ehrlich, ich versuch wirklich alles, um Drogen aus dem Laden rauszuhalten. Weil ich früher selbst mal ... also: Ich weiß, wie das ist. Und ich hab die Folgen am eigenen Leib gespürt. Und deshalb sehe ich es als meine Aufgabe an, dieses verdammte Zeug von den Jungs und Mädels fernzuhalten. Die sollen ihren Spaß bei uns haben, ja – aber *ohne* Drogen."

Während er sprach, war nicht zu übersehen, dass ihm zwei Schneidezähne fehlten.

„Müsst ihr denn oft eingreifen, wenn's Streit gibt oder wenn sich welche prügeln?"

„Hm ... ja. Es gibt 'ne Menge schräger Typen, die nachts durch die Discos ziehen." Er zeigte auf eine Narbe am linken Oberschenkel. „Hier – da hab ich mal 'n Messer abgekriegt."

Ich erinnerte mich an meine eher bescheidenen Erfahrungen auf diesem Gebiet: „Also, ich hab früher mal in einem Kino gearbeitet, am Ku'damm. Da trieben sich manchmal auch ganz merkwürdige Leute im Foyer rum – vor allem, wenn wir Nachtvorstellung hatten. Aber die waren wohl eher harmlos gegen die, mit denen du dich rumschlagen musst."

Er nickte. „Samstags sind wir immer zu neunt. Neun Mann auf vierhundert, fünfhundert Besucher! Die kannst du nicht alle im Auge behalten – das geht einfach nicht." Nach einer kurzen Pause fügte er hinzu: „Na ja, ich versuch's wenigstens. Hab ja schließlich selbst zwei Kinder. Und ich will ja auch nicht, dass die später mal mit Drogen in Kontakt kommen."

Ich blickte überrascht auf. „Du hast Kinder? Wie alt sind die denn?"

„Mein Sohn ist fünf und meine Tochter drei. Sie leben bei meiner Freundin … also: meiner Ex-Freundin. Aber das ist okay. Weißt du, ich bin bei meinem Vater aufgewachsen. Als Kind hat mir meine Mutter sehr gefehlt – und das wollte ich meinen Kindern ersparen. Wir haben uns ja auch als Freunde getrennt, meine Ex und ich. Kinder brauchen einfach beide Eltern."

Ich hörte ihm aufmerksam zu und war beeindruckt – nicht nur von dem, *was* er sagte, sondern auch von der Art, *wie* er es sagte: Er lallte, ja – aber in gepflegtem Deutsch. Und seine Geschichte klang auch nicht nach einem von Alkohol durchtränkten Familiendrama.

„Ich seh meine Kleinen regelmäßig und unternehme dann auch viel mit ihnen", erzählte er weiter. „Blöd ist nur, dass meine Eltern meine Familie nie akzeptiert haben. Dadurch hab ich heute keinen Kontakt mehr zu ihnen. Ich hab denen gesagt: ‚Ihr müsst euch entscheiden.' Ich trag ja schließlich Verantwortung für meine Kinder. Aber die waren halt stur." Er zuckte mit den Schultern. „Na ja, dann müssen sie jetzt eben ohne mich auskommen. Sie haben's ja nicht anders gewollt."

Nur beim Vater aufgewachsen, Drogenprobleme, mit siebzehn das erste Kind – ich dachte daran, wie unaufgeregt mein Leben im Vergleich dazu verlaufen war. Ich war mehr als doppelt so alt wie er, hatte in all den Jahren aber nicht mal halb so viel durchgemacht.

Wir saßen gut eine Stunde zusammen auf dem Steg

und unterhielten uns fast ununterbrochen. Das heißt, die meiste Zeit über redete er, und ich hörte zu. Danach war in meinem Kopf aus dem asozialen Säufer ein treu sorgender Familienvater geworden, der sein Leben voll im Griff hatte.

Bevor ich zum Strand zurückging, fragte ich ihn: „Wirst du mal wieder herkommen?"

„Ist wirklich schön hier", entgegnete er. „Man sitzt hier draußen, mitten auf dem Wasser…" Er ließ seinen Blick umherschweifen, bevor er sich lächelnd mir zuwandte: „Und man trifft nette Leute zum Quatschen."

Als wir später wieder in weitem Abstand voneinander am Strand auf unseren Handtüchern lagen, spielte ich mit dem Gedanken, ihn zu fragen, ob ich mich für den Rest des Tages zu ihm setzen dürfte. Doch bevor ich mich dazu durchringen konnte, stand er auf und begann sich anzuziehen. Im Gehen hob er noch einmal grüßend die Hand und mir fiel ein, dass er im Laufe unseres Gesprächs erwähnt hatte, er wolle den Nachmittag mit seinen Kindern verbringen. Ich schloss die Augen und stellte ihn mir irgendwo auf einem Spielplatz vor – mit einem fünfjährigen Jungen an der einen und einem dreijährigen Mädchen an der anderen Hand.

Horst Jahn
Der japanische Garten
des Zen-Meisters Masuno in Marzahn

Wissen,
was man sucht.
In den Nebel gehen und es finden.
Worte
so setzen
wie Meister Masuno
die Steine
im Garten
des zusammenfließenden Wassers.

Der Karpfen,
der den Wasserfall erklimmt,
wird zum Drachen:
So spricht die Meißelschrift.

Ich prüfe meinen Karpfen:
Er ist noch viel zu fett
für solche Sprünge.

Der Karpfen,
der den Wasserfall erklimmt,
wird zum Drachen.

Barbara Petermann
Späte Rache

Vor fünf Jahren

Schnell öffnete Hedwig alle Fenster im Wohnzimmer und die Terrassentür, um die frische Luft der ersten Frühlingstage einzulassen. Herrlich dieser Geruch nach frischem Gras und blühenden Blumen. Bald schon musste alles verriegelt sein, weil es ja zum einen zieht und zum anderen ungebetene Gäste in Form von allerlei Getier in das gemütliche Reihenhaus schleichen könnten. Ein Blick von Rainer würde ausreichen, um sie wieder zur Raison zu bringen, wie er es gerne ausdrückte. Noch könnte Hedwig auch Luise anrufen und mit ihr einen kleinen Plausch am Telefon halten. Als nutzloses Geschwätz würde Rainer solche Gespräche kommentieren und darauf dringen, dass Hedwig sie möglichst rasch wieder beendete. Deshalb telefonierte sie viel lieber in seiner Abwesenheit. Zumal Rainer auch der Meinung war, dass speziell Luise, ihre Freundin aus Studienzeiten, einen ganz schlechten Einfluss auf seine Frau hätte. Luise könne so ganz ohne familiäre Verpflichtungen in den Tag hineinleben, wie es ihr gerade passe. Und das verderbe den Charakter, so dachte Rainer nicht nur, sondern wurde auch nicht müde, Hedwig das Lotterleben ihrer Freundin, wie er es nannte, madig machen zu wollen. Ganz gelang ihm das in all den Jahren nicht. Im Grunde ihres Herzens war Luise immer noch Hedwigs Vorbild. Diese hatte nicht nur ihr Studium bravurös beendet, sondern direkt eine Stelle als Korrespondentin bei einer angesehenen Zeitung ergattern können. Ihre vielseitigen Reportagen führten Luise immer wieder an die entlegensten Ecken dieser Welt. Von wo sie dann voller neuer Eindrücke zurückkam und Hedwig berichten konnte. Eine solche Aufgabe hätte Hedwig natürlich nie mit ihrer Familie, die sie auf keinen Fall missen wollte, den Kindern und den Ansprüchen ihres Mannes vereinbaren können.

Hedwig hörte den Schlüssel im Haustürschloss. Es war doch eigentlich noch viel zu früh! „Was ist denn hier los? Alle Fenster und Türen sperrangelweit offen? Wen willst du denn alles einladen?", erklang Rainers genervte Stimme.

„Ich mache sofort alles zu. Ich wollte nur noch einmal lüften, bevor du nach Hause kommst", verteidigte sich Hedwig. „Wieso bist du denn heute so früh?"

„Ja, darf man denn nicht in sein eigenes Haus kommen, wann man will? Muss ich mich dafür jetzt rechtfertigen? Die letzte Sitzung ist eben ausgefallen, entschuldige", drang es verärgert aus der Diele, in der Rainer sorgfältig Mantel, Schal und Hut ablegte, um sodann die Straßenschuhe gegen die Hausschuhe zu tauschen, nicht ohne sie ordentlich auf den dafür vorgesehenen Platz zu stellen. Von diesem würde Hedwig sich die Schuhe später holen, um daran zu putzen, was es zu putzen galt. Und auch den Mantel würde sie untersuchen auf Flusen und Haare, um diese gegebenenfalls abzubürsten. Anschließend – und darauf achtete sie sorgfältig – müsste sich alles wieder ordentlich an seinem gewohnten Platz befinden, damit Rainer blind darauf zugreifen könnte.

Hedwig, die unterdessen schnell alle Fenster und

Türen geschlossen hatte, ging in die Küche, um das Abendessen vorzubereiten. Heute sollte es Rouladen geben, die mochte Rainer so gerne. Doch das nahm einige Zeit der Vorbereitung in Anspruch. Sie wollte das mit aller Sorgfalt angehen, denn ihr Mann merkte sofort, wenn sie geschludert hatte, wenn die Karotten zu grob geschnitten oder die Salatblätter nicht fein säuberlich gerupft waren. In diesen Dingen war Rainer manchmal richtig pingelig. Bei solchen Anlässen brachte er es fertig, die zu groben Teile inklusive daran klebender Salatsauce auszusortieren und dabei nicht auf den Tellerrand zu platzieren, nein, vorzugsweise auf die Tischdecke, auch wenn diese gerade frisch gewaschen und sorgfältig gebügelt war.

Rainer steuerte nach einem kurzen Gang zur Toilette und einem ausführlichen Händewaschen direkt auf seine Musikanlage zu. Er fischte sich zielsicher eine CD aus dem Regal und fütterte damit das Gerät, nicht ohne in bestimmtem Ton seiner Frau zuzurufen: „Und jetzt bitte Ruhe, damit ich mich auf den Wagner konzentrieren kann. Hoffentlich klingelt nicht wieder dieses blöde Telefon. Ich erwarte sowieso keinen Anruf. Also, ich bitte dich..."

Hedwig konnte sich heute Zeit lassen. Das Essen musste Punkt achtzehn Uhr dreißig auf dem Tisch stehen, damit sie bis zu den Neunzehn-Uhr-Nachrichten fertig waren. Die erste Minute nach neunzehn Uhr verbrachte Rainer allerdings damit, alle Uhren im Haus auf ihre Genauigkeit hin zu überprüfen. Das tat er jeden Abend. Und schaute er später noch einmal die Zwanzig-Uhr-Nachrichten, so schien es, als sei er richtig stolz auf die Tatsache, dass nun die in seiner

Reichweite befindlichen Uhren genau auf den Gong pünktlich eingestellt waren. Dieses Ritual, das fast schon zur Manie ausgewachsen war, ließ es auch nicht zu, dass sie vor Beendigung der Neunzehn-Uhr-Nachrichten das Haus verließen – gleichgültig was anstand, eine Einladung, eine Vorführung der Enkel oder ein Überraschungsgast. Rainer saß unerbittlich vor den Nachrichten und stellte seine Uhren danach. Hedwig erledigte, von den Vorgängen mittlerweile ziemlich unbeeindruckt, zwischen diesen beiden Nachrichten-Intervallen zumeist den Abwasch. Das fand sie ganz praktisch. Denn sollte Rainer im Laufe des Abends noch einmal die Küche betreten, so würde er diese ordentlich und sauber vorfinden. Ganz so, wie er es schätzte.

Stets bemüht, in der Küche jedes nach außen dringende Geräusch zu vermeiden, hatte Hedwig es wieder einmal geschafft, ein gelungenes Essen auf den Tisch zu bringen. Nur einen kleinen Patzer hatte sie sich erlaubt. Erst heute Mittag nach dem Einkauf hatte Hedwig bemerkt, dass keine Gürkchen für die Rouladenfüllung im Haus waren. Sie hatte fest geglaubt, hinten im Regal stehe noch ein Glas. Aber was soll's. Es war eben passiert. So hatte Hedwig die Gürkchen durch Perlzwiebeln ersetzt, die noch im Hause waren. Das würde Rainer wahrscheinlich gar nicht merken, denn das Gesamtaroma wäre ja ein ähnliches, hoffte Hedwig, auch wenn sie etwas besorgt dem Abendessen entgegen sah.

Pünktlich um achtzehn Uhr dreißig dampfte die Schüssel mit den Rouladen in leckerer Sauce auf dem Tisch. Rainer hatte sich beim Wagner ein wenig erholen können und war nun ganz aufgeräumt, fast munter, als er sich ordentlich seinen Teller belud. „Mmh, Rouladen. Die esse ich wirklich gerne", sagte er mit dem Blick auf seinen fast übervollen Teller. Trotzdem schaufelte er noch einen weiteren Löffel Sauce, der sich nun langsam über den Knödeln ergoss. „Mmh."

„Das weiß ich doch, mein Lieber", erwiderte Hedwig, glücklich, ihn zufriedengestellt zu haben.

„Da läuft einem ja das Wasser im Munde zusammen", lobte er noch schnell, bevor er den ersten Bissen in den Mund schob. Und dann den nächsten und den übernächsten ... „Die schmecken irgendwie anders?", fragte er sie ratlos. „Hast du da was anders gemacht mit meinen Rouladen?"

„Nein, was soll denn anders sein?", verteidigte sie sich sofort, auch wenn sie das Unheil schon auf sich zurollen sah.

„Igitt, was habe ich denn da im Mund? Du willst mich wohl vergiften!", und schon spuckte er eine zermalmte Perlzwiebel und allerlei Zerkautes mitten auf seinen Teller, mitten zwischen die angeschnittene Roulade und die Kartoffelknödel in die Sauce. Hedwig stierte fassungslos auf die unappetitliche Gemengelage inmitten des Tellers am anderen Ende des Tisches.

„Jetzt mach aber mal halblang. Die Gurken waren eben alle und da habe ich Perlzwiebeln genommen. Das schmeckt doch genauso." Hedwig wurde jetzt auch wütend angesichts der Ekelgefühle, die sie beim erneuten Anblick seines Tellers überkamen. Die ganze Mühe mit dem aufwendigen Essen grausam zu Nichte gemacht auf diesem, seinem Teller.

„Das schmeckt genauso? Dass ich nicht lache! Da wolltest du mich wohl übel reinlegen ... Und wieso sind denn die Gürkchen überhaupt aus? Wenn du so umsichtig wärst, wie ich es dir immer nahegelegt habe, dann würdest du vor Anbruch des letzten Glases Gürkchen im Regal bereits das neue einkaufen. So können die Gürkchen nie ausgehen. Wie oft habe ich dir das schon gesagt?", schrie er und warf seine Serviette mitten auf seinen immer noch übervollen Teller. „Vor Anbruch des letzten Glases ein neues kaufen. Das ist doch nicht so schwer!", warf er hinterher und stand vom Tisch auf. „Was soll ich jetzt essen? Ich arbeite den ganzen Tag schwer und darf doch wohl am Abend auf eine warme Mahlzeit hoffen. Auf eine warme und genießbare Mahlzeit. Wenn das nun auch schon zu viel ist ... Wo wird uns das nur hinführen?"

Rainer stellte wieder den Wagner an, diesmal deutlich lauter, ging zu seinem Sessel, setzte sich und schloss die Augen. Er öffnete sie später wegen der Nachrichten und seiner Uhren, aber zu essen sahen sie an diesem Abend nichts mehr.

Und heute

Heute sieht Rainer den Schwänen im Park zu. Er leidet an Demenz und kann nur noch wenig von dem, was ihm früher wichtig war. Auch ist ihm nicht mehr wichtig, was er heute noch kann. Hedwig schiebt ihn in seinem Rollstuhl einmal am Tag bei Wind und Wetter an den kleinen See. Gleichgültig, ob er will oder nicht. Sie liebt diese Spaziergänge an der frischen Luft. Wenn er Mucken macht, schimpft sie und schaut ihn streng an.

Das wirkt immer. Er ist recht pflegeleicht, beteuert sie den stetig wechselnden Lettinnen, die ihr viel Arbeit abnehmen, besonders die nächtliche. Hedwig macht sich nicht mehr die Hände schmutzig für seine Pflege. Andere, das hatte sie schnell herausgefunden, sind bereit für wenig Geld, ihm den Alltag mit all seinen notwendigen Verrichtungen zu gestalten und sie dabei zu entlasten. Das war billiger als ein Platz in einem Pflegeheim und ließ zudem Hedwig in ihrer Rolle als aufopferungsvolle Gattin erstrahlen. Die sie ja immer gewesen war, gezwungenermaßen unter seiner Rigide. Eine Rolle, die ihr auf den Leib geschrieben schien, und sich nun mit ihren kleinen Schlupflöchern auch gar nicht mehr so unangenehm anfühlte.

Neulich hatte er ihr gesagt, er möge keine Rouladen, als sie diese gerade, ihrer Großmütigkeit sehr wohl bewusst, liebevoll zubereitet vor ihm auf den Tisch stellte. „Es wird gegessen, was auf den Tisch kommt", kommentierte sie seine Weigerung unerbittlich. Zu jeder Mahlzeit in Folge setzte Hedwig ihm den gleichen Teller vor. Am dritten Tag hatte er eine Roulade mit großem Hunger verschlungen und dabei so getan, als sei es das normalste von der Welt, zum Frühstück Rouladen zu essen. Als wollte er ihr diesen Triumph nicht gönnen. Dass er immer noch so gemein sein konnte, hatte sich Hedwig bei ihrer Freundin am Telefon beschwert und wollte nun Rainer extra lange warten lassen, bis sie ihm von dem unbequemen Stuhl auf sein Sofa helfen würde. Doch auch dieses kleine Vergnügen wollte er ihr noch nehmen, als er mit dem zum Tisch herabgesunkenen Kopf einfach auf dem harten Stuhl eingeschlafen war. „Von wegen...", hatte sie ihrer Freundin berichtet: „Der wird es ganz schön im Kreuz haben, wenn er so verkrümmt weiter schläft."

Aber letztendlich war ihr das alles egal. Denn sie hat Momente zur Genüge, in denen sie leise oder offen laut triumphiert. Wenn er nicht mehr weiß, was seine Lieblingsmusik war oder gar wie eine CD in die Musikanlage einzulegen sei. Dann ließ sie ihn eine Weile hilflos werkeln, schaute ihn an und sagt: „Tja, gar nicht so einfach ...", wendete sich um und griff zum Telefon. Luise, ihre Freundin, war erfreut über die viele Zeit, die Hedwig neuerdings für gemeinsame Gespräche hatte. Sie habe so viel Arbeit mit ihm und dem Haushalt, beteuert sie bei solchen Gelegenheiten. Da bleibe für viele Dinge keine Zeit. Allein bis er morgens das Bett verlässt. Ewig spät. Dann die Hygienemaßnahmen, die eine lettische Pflegerin übernimmt. Das dauert auch seine Zeit. Bis Hedwig schließlich den Frühstückstisch abdecken kann, ist es fast schon Zeit für das Mittagessen. Dabei will sie schließlich noch etwas haben vom Leben. Deshalb kamen neuerdings zwei Mal in der Woche die Enkelkinder. Da war Leben im Haus. Ein Lärm und ein Toben, welches früher undenkbar gewesen wäre. Denn Rainer brauchte ja seine Ruhe, als er noch arbeiten konnte. Heute hatte er mehr Ruhe als ihm lieb war. Wo sie denn immer hingehe, wollte er wissen, wenn er durch ihre Aufbruchsstimmung für kurze Zeit aus seinem Dämmerzustand erwachte. „Einkaufen", sagte sie dann. „Einkaufen. Wohin denn sonst?" War ja auch egal, denn er hatte es sowieso gleich wieder vergessen. Deshalb machte es auch nichts aus, ob sie einige Stunden unterwegs oder sogar einige Tage auf Reisen war. Alles eine Frage der Organisation, heute.

Hedwig ist gar nicht unglücklich über ihre jetzige Lebensphase. Sie ist bestens organisiert, hat sich in ihrem neuen Leben gut eingerichtet und genießt den nun eroberten Freiraum in vollen Zügen. Es ist ja auch keiner mehr im Haus, der schimpft oder dessen Meckern sie ernst nehmen muss. Fast handzahm ist Rainer ihr gegenüber heute. Etwas anderes würde er auch gar nicht mehr wagen. Seine Marotten hat sie ihm als Erstes gänzlich ausgetrieben, als es so weit war, dass seine Demenz Überhand über sein unwirsches Wesen nahm. „Sie ist immer so streng", hatte er sich zu Anfang noch bei den Kindern beschwert. Aber Hedwig hatte eben vom Meister gelernt!

Petra Klingl
Dunkelgrauer Abschied

Ich habe gefühlt was es heißt wenn
Schönverbundenes zerreißt denn
Dunkelgrau ist aller Abschied

Dunkles Unverwundenes traf wie ein Pfeil
Mitten in mich hinein – so grausam weil
Dunkelgrau ist aller Abschied

Mich zurücklassend ging der Liebhaber
Ein leichtes Winken zu mir blieb aber
Dunkelgrau ist aller Abschied

Dieses Weiterwinken unerklärbar für mich noch
Als wäre nur ein Vogel hastig abgeflogen doch
Dunkelgrau bleibt aller Abschied

Rebecca Timm
Mach dir keine Hoffnungen

„Machst du meine Hausaufgaben für mich?" Matthias Augen schauen auf mich herab. Ich versuche bei meiner Antwort nicht zu stottern, doch die roten Flecken in meinem Gesicht sagen ihm mehr als meine leise Antwort: „Ja".

Klaudia neben mir schüttelt ihren Kopf und seufzt. Mein Verstand setzt augenblicklich wieder ein, und ich erkenne meinen Fehler.
    Matthias lächelt verächtlich und wendet sich ab. Nicht ohne vorher noch seinem Kumpel einen Ellenbogen in die Rippen zu stoßen. Lachend ziehen die beiden ab.
    Wie dumm von mir.

Zwei Jahre später sitze ich auf einem Schlitten. Unter mir knirscht der Schnee. Die Sonne wird mein Gesicht verbrennen und ich rase viel zu schnell Richtung Graben, doch ich grinse dem Abgrund entgegen. Ich weiß nicht, wann ich das letzte Mal so viel Spaß hatte. Lachend purzeln wir übereinander und bleiben im Schnee liegen. Diese wunderbare kalte Luft mit ihrem einzigartigen Schneegeruch zieht mir in die Nase. Für einen kurzen Augenblick vergesse ich, dass wir irgendwann wieder nach Hause müssen. Während ich neben Klaudia das gefühlt hundertste Mal den kleinen Abhang erklimme, spüre ich, wie mich ein völlig unbekanntes Gefühl erfasst. Jemand beobachtet mich. Als ich mich umdrehe, um diesem Gefühl nachzuspüren, entdecke ich Matthias, der mich ansieht, als würde er mich heute das erste Mal sehen. Wirklich sehen. Die Panik, die mich nun erfasst, sorgt dafür, dass ich mich ruckartig umdrehe, an Klaudia vorbei stampfe und es vermeide auch nur in seine Richtung zu schauen. Standhaft schüttle ich dieses einfältige Gefühl ab. Und als wir in den späten Abendstunden müde und abgekämpft zu unserer Unterkunft laufen, habe ich die leise Hoffnung, dass diese Klassenfahrt eine wunderbare Auszeit von meinem Leben sein könnte.

Wir haben schon unsere Schlafanzüge an und plündern die Süßigkeitenvorräte von Klaudia, als jemand an die Tür klopft.

Es ist eine meiner Mitschülerinnen. Leise lässt sie uns wissen, wer im Stockwerk über uns untergebracht ist: Die Jungs! Vom Balkon aus hätte nun einer nachgefragt, ob wir uns nicht zu ihnen schleichen wollen.

Ich persönlich halte das für eine ganz schlechte Idee, mag aber nicht die Spielverderberin sein. Also folge ich drei meiner Mitschülerinnen brav die Treppe hinauf.

Tatsächlich gelangen wir unbemerkt in das Zimmer über unserem. Vier Jungs erwarten uns. Einer davon ist Matthias. Ich setze mich stumm auf das Bett, das am weitesten von seinem entfernt steht. Meine Freundinnen kichern und flirten hemmungslos, während ich mich mit der Rolle der Zuhörerin begnüge. Langsam fällt die Anspannung von mir ab. Bis zu dem Zeitpunkt, als sich Matthias neben mich setzt und mitten in einer Gesprächspause das Wort ergreift: „Sabine, mit dir kann man ja richtig Spaß haben. Ich finde dich echt toll. Mein bester Freund übrigens auch. Ich habe mit ihm gewettet, dass du dich für mich entscheidest."

Alle Augen richten sich auf mich und ich kann nichts weiter tun, als rot anzulaufen. Meine Gesichtszüge entgleiten mir komplett. Wussten die anderen davon? War das geplant? Ich weiß nicht von wem er spricht, denn wenn ich in mir suche, kann ich dieses Mädchen nicht erkennen.

Als nach einer gefühlten Ewigkeit Matthias wartender Blick immer noch auf mir ruht, hat Klaudia endlich Erbarmen und fängt ein unverfängliches Geplauder mit einem der Jungs an. Wie ausgeschaltet sitze ich auf dem Bett und bin zu nichts mehr in der Lage. Es ist ein Wunder, dass ich noch atme.

Natürlich werden wir erwischt, und da unser Lehrer ein fieser Mistkerl ist, bestraft er nur uns Mädchen.

Wir müssen am nächsten Tag auf unseren Zimmern bleiben, während die Jungs Ski fahren dürfen. Ich allerdings bin sehr erleichtert über diese Strafe.

Meine Klassenkameraden haben sich ganz offensichtlich gegen mich verschworen. Im Frühstücksraum ist nur noch ein Platz frei, der neben Matthias. Und wann immer ich irgendwo hin will, taucht er neben mir auf. Doch nach wie vor bekomme ich kein Wort über die Lippen. Irgendwie schaffe ich es bis zum vorletzten Tag, ihm aus dem Weg zu gehen. Dann allerdings steht die Abschlussparty an.

Ich versuche mich unauffällig in einer Ecke zu verstecken, doch es nützt nichts. Matthias fordert mich zum Tanzen auf. Vor der versammelten Klasse tanze ich in seinen Armen zu einem Schmusesong, den er auch noch freudig mitsingt und mir dabei in die Augen schaut. Das ist zu viel für mein Nervenkostüm. Sobald die letzten Töne verklungen sind, mache ich mich von ihm los. Er fängt mich ab, als ich die Treppe nach oben flüchten will.

„Was ist denn?"

„Du kannst dir dein Getue sparen! Ich weiß genau, dass das für dich nur ein Spiel ist!"

„Das ist es nicht, ich verspreche es dir", ruft er mir nach. Doch ich bleibe nicht stehen, ich will nur noch raus aus diesem Partykeller, weg von der Kuschelmusik und seinen leeren Versprechungen.

Eine Woche später sitze ich wieder im Unterricht und alle meine Dämonen sind dort, wo sie hingehören. So unglücklich ich auch sein mag, ich fühle mich sicher. Den Unterricht verfolge ich nur halbherzig. Plötzlich höre ich, wie im Raum getuschelt wird. Meine Augen suchen den Grund dafür und ich sehe, wie Matthias seine Sachen zusammenpackt und sich quer durch den Raum auf mich zubewegt. Mit einem ernsten Gesichtsausdruck setzt er sich neben mich. Das kann er nicht ehrlich meinen. Eisern meide ich jeden Blickkontakt und sage auch kein Wort. Er hält es genau drei Tage lang durch, dann gibt er auf.

Befreit bringe ich die restliche Schulzeit hinter mich, nur eine kleine nagende Stimme in meinen Hinterkopf lässt mir keine Ruhe. Fragt mich, ob ich nicht meine Chance auf Glück habe vorbeiziehen lassen.

Mein Leben nimmt langsam aber sicher einen gewohnten Trott an. Durch eine Bekannte lerne ich einen älteren Mann kennen, der tatsächlich ruhiges, aber freundliches Interesse an mir zeigt. Wir kommen zusammen. Er ist recht fleißig. Mich erwartet ein ruhiges und überschaubares Leben. Ein Traum geht in Erfüllung.

Jahre später überredet mich Klaudia tanzen zu gehen. Mein Schatz kann nicht, trotzdem gehe ich mit, ganz entgegen meiner üblichen Art. Es ist ein kleiner Club mit Stangen, an denen man tanzen kann. Die Luft ist verqualmt und aus den Boxen kommt dumpfe Trancemusik. Ich bin gerade dabei, uns ein paar Drinks zu organisieren, da sehe ich ihn.

Matthias, im Gespräch mit einer älteren Frau. Er entdeckt mich ebenfalls und kommt auf mich zu.

Auf einmal ist alles ganz leicht. Wir reden noch bis in die frühen Morgenstunden. Er erzählt mir, dass er seine Lehre abgebrochen hat und versucht, seine Bilder zu verkaufen. Dass die Frau, mit der er hier ist, seine Mutter ist, nicht dass ich etwas Falsches denke. Er erzählt mir, dass er Single ist und jemanden braucht, der geerdet ist, nicht so wie er. Jemanden, nach dem er sich schon so lange sehnt. So langsam ahne ich, in welche Richtung dieses Gespräch geht. Kurz durchdenke ich meine Möglichkeiten. Ich mag diesen Mann mehr, als ich jemals zugegeben habe. Seit ich dreizehn Jahre alt war, habe ich immer gehofft, einmal den Mut zu haben, es ihm zu sagen. Doch soll ich alles aufgeben, was ich inzwischen habe?

Es ist wie damals auf dem Bett im Zimmer der Unterkunft. Ich ziehe eine Mauer auf. Das ist einfach zu viel und so gebe ich ihm mit auf den Weg, dass er sich alleine erden muss. Dass ich mir sicher bin, er findet noch diese eine Person, nach der er sich sehnt.

Zwanzig Jahre sind seitdem durch mein gewohntes Leben gezogen. Heute weiß ich, was ich verspielt habe. Die Vorstellung, dass ich einmal den Mut aufbringen könnte, ein Risiko einzugehen, hat mich schlichtweg erstickt. Ich habe mich auf die Suche nach ihm gemacht und sein Facebook-Profil gefunden.

Ich werde ihn anschreiben, mein Glück in die Hände nehmen und dieses eine Mal im Leben etwas riskieren.

Als ich die Seite öffne, lacht mir sein Gesicht entgegen. Im Arm hält er ein kleines Mädchen, neben ihm steht eine Frau und lehnt sich glücklich an ihn.

Ein Blick in seine Augen genügt mir, um meine Nachricht niemals abzuschicken.

Die Botschaft ist eindeutig: „Mach dir keine Hoffnungen."

Stephanie Mattner
Zwei Segel

Entfernt
Welt ist weit
zwischen uns
von jedem Punkt

Geliebt
hab ich dich
hast du mich
über das Blau
stiller Nächte
hinweg

Du und Ich
zwei Segel
im Meer
wankender Sehnsucht

Daniela M. Fiebig
Das Sommerfest

Markus steuerte mit langen Schritten den Eingang der *Fluppe* an. An der Tür klebte ein wettergegerbtes, schlecht laminiertes Papier: *Raucherlokal* stand in schiefen Blockbuchstaben darauf. Fast schien es, als hielte der Schriftzug Markus vom Betreten der Kneipe ab. Doch er füllte nur seine Lungen mit der kühlen, frischen Frühlingsluft und tauchte dann ein, in eine Dimension, die gleichzeitig ungewohnt und vertraut war.

Der Mann an der Bar begrüßte ihn mit einem Nicken und stellte unaufgefordert eine Schale mit gesalzenen Erdnüssen und eine kleine Flasche *Schweppes Tonic Water* auf den Tresen. Während er aus dem Regal hinter sich ein Glas griff, zog Markus ein Papiertaschentuch aus der Jackentasche und wischte seine rot geränderten Augen: Der Zigarettenqualm war beißend und die quälenden Gedanken an Cordula nicht zu ertränken. Schon gar nicht in *Tonic Water*. Es trieb ihm noch immer Tränen in die Augen, trockene Tränen, denn irgendwann gewöhnte man sich an die Reibeisen auf der Linse, und der Schmerz über den tragischen Verlust seiner Frau war mit der Zeit dumpfer geworden.

Markus klaubte einzelne Nüsse aus der Schale – aber nur die halben, die unvollkommenen, auseinandergebrochenen. Er spülte den salzigen Geschmack auf der Zunge mit einem großen Schluck *Tonic Water* hinunter, dann ein Seufzer, das leere Glas raste auf den Tresen und eine neue Flasche *Schweppes* stand bereit. Der stumme Dialog unzähliger Wiederholungen mit Tom, dem Barmann.

„Musikunterricht?", fragte dieser. „Volleyball", antwortete Markus. „Stimmt stimmt, heute ist ja Donnerstag", murmelte Tom und polierte makellos glänzende Gläser, mit grübelndem Gesicht. „Wie alt war deine Tochter jetzt?", fragte er nach einer Weile. „Sie wird bald dreizehn." Tom seufzte, Markus auch und dann drehte er zum dritten Mal das Zifferblatt seiner Armbanduhr in seinen Blick. „Ach, hat deine Kleine heute früher Schluss?", fragte Tom. Markus schüttelte den Kopf. „Weißt du, ob Achim heute noch kommt?"

Mit *Fluppen*-Stammgast Achim war Markus so etwas wie befreundet gewesen, eine Zeit lang. Dabei war ihm der große, hagere Mann erst aufgefallen, als dieser ihm und Tom eines Tages beherzt zur Seite stand, beim Wagnis, ein heftig pöbelndes, betrunkenes Pärchen vom Autofahren abzuhalten. Seither hatten sich Markus und Achim gegrüßt. Manchmal unterhielten sie sich auch, vorwiegend über das Angebot des nachbarlichen Bäckereibetriebes: „Diese Woche gibt es drei Spritzkuchen zum Preis von zwei." Oder: „Die Mohnbrötchen kann ich heute nicht empfehlen, sie sind pappig." Sonst schwiegen sie gemeinsam, im wortlosen Respekt vor dem unausgesprochenen Wunsch nach Ruhe. Irgendwann wurden aus kargen Dialogen Gespräche. Auch Achim hatte seine Frau verloren, erfuhr Markus, wenn auch nicht auf die tragische Art wie er. Achims Frau hatte ihn lediglich verlassen. Ihr Verlust einte die beiden Männer. Dass hinter den Umständen von Achims Trennung mehr stecken musste, spürte Markus sofort, doch hatte er keine Kraft, seinen neuen Freund darauf anzusprechen, auch schätzte er zu sehr die Banalitäten, mit denen Achim ihn von seinem Kummer ablenkte. Wodurch Markus Rückblicke an die fröhlichen Momente in seinem Leben weniger schwermütig geworden waren und Cordula, seine Frau, zu ihm zurückgekehrt war. Wenn auch nur in seinem Kopf, angestoßen durch Videos von Familienfesten oder Fotos, ganz vielen Fotos. Ihr Lachen, die verschmitzten Fältchen an den Augen, die Bewegung, mit der sie ihr Haar zurückstrich... nichts sollte ihm verloren gehen. Nur seine ausgeprägte Neugierde, die für Cordula stets Ansporn für Neckereien gewesen war, war gänzlich verschwunden. Den letzten liebevollen Schlagabtausch hatten sie am Tag ihres Unfalls gehabt. Cordula hatte sich für das jährliche Sommerfest der Schule ihrer gemeinsamen Tochter Sarah ein ganz besonderes Kleid bestellt und wollte Markus damit überraschen. Er löcherte sie mit Fragen: „Ist es ein langes Kleid? Kurz? Im klassischen Stil oder jugendlich-modern? Sag mir doch wenigstens die Farbe, damit ich meine Krawatte darauf abstimmen kann." Cordula lachte nur. Die Lieferung mit dem Kleid kam zu spät, er verweigerte die Annahme des Pakets. Markus senkte den Blick, da war es wieder, das Brennen in den Augen. Und das Hämmern in seinem Kopf. Das immer dann einsetzte, wenn sich seine Gedanken an Cordula selbständig machten und unweigerlich ins Krankenhaus führten. Wieder sah er sich den Gang entlanghetzen, an seiner Hand die elfjährige Sarah. Der Unfall hatte bei Cordula ein Polytrauma verursacht, innere Blutungen aufgrund des Milzrisses machten eine Notoperation notwendig.

„Sag deiner Mutter wie lieb du sie hast", bat er Sarah in weiser Voraussicht.

Cordula überstand die Operation. Doch zwei Tage danach verschlechterte sich ihr Zustand. „Verletzungskrankheit", nannten es die Ärzte, dabei gerieten die Stoffwechselvorgänge im Körper durcheinander, nicht ungewöhnlich nach einem schweren Zusammenstoß mit dem Auto. Cordula war schon nicht mehr ganz bei sich gewesen. „Es ist Rot", sagte sie Markus immer wieder – und er verfluchte wortlos den Autofahrer, der Cordula an der Ampel angefahren hatte. Dann ballte sich das Myoglobin, das bei dem Unfall aus einem zerstörten Muskel freigesetzt worden war in Cordulas Blutgefäßen der Niere zusammen und verursachte ein akutes Nierenversagen. Und letztlich den Herzstillstand.

Der Unfallhergang war geprüft und zu den Akten gelegt worden, da Joachim Assmann, dem Fahrer des PKWs, kein Fehlverhalten nachzuweisen war. Markus strengte daraufhin eine Zivilklage an. Er *wusste*, dass Assmann bei Rot über die Ampel gefahren war, Cordula hatte das im Krankenhaus doch immer wieder gesagt! Dem Verfahren blieb Markus fern, er war unfähig, dem Mann ins Gesicht zu sehen. Wie ihm sein Anwalt später berichtete, brachte die gegnerische Seite einen Zeugen bei, der bestätigte, dass die Ampel ihres Mandanten beim Überfahren auf Grün gestanden hatte. Damit war die Sache erledigt, wenngleich Assmann den Unfall und seine Folgen angeblich sehr bedauerte, was ihn in Markus Augen trotz gegenteiligen Rechtsspruchs schuldig schrieb. Und so schob er dem Autofahrer weiterhin die Schuld am Tode seiner

Frau zu – denn irgendjemanden musste er dafür verantwortlich machen.

„Ich glaub nicht, dass Achim heute noch kommt", sagte Tom und brachte Markus damit zurück in die Gegenwart. „Seit eurem Streit lässt er sich hier nicht mehr oft blicken."

Markus auch nicht. Fast drei Monate hatte er die *Fluppe* gemieden und die Wartezeit, bis er Sarah nach ihrem Sport oder Musikunterricht für den gemeinsamen Heimweg aufpicken konnte, statt in der *Fluppe* in seinem parkenden Auto oder in der Kälte auf- und ablaufend verbracht. Zumeist hatte er dabei an Cordula gedacht, es war ihre Aufgabe gewesen, Sarah vom Schulzusatzangebot abzuholen. Und dann stellte er sich ihren Kommentar über sein Zusammentreffen mit Achim vor. „Bestimmung", hätte sie es sicher genannt, für Markus blieb es ein „Scheißzufall".

Nachdem die beiden Männer viel miteinander geschwiegen, ein wenig miteinander geplaudert und häufig miteinander gewürfelt hatten, begann Markus von seiner Tochter zu erzählen – und öffnete damit eine neue Ebene. Achim hatte keine Kinder, erzählte dieser und das Ende seiner Ehe schrieb er sich selbst zu. Er wäre nicht mehr derselbe, hatte ihm seine Frau vorgeworfen, mehr sagte er dazu nicht, ganz offensichtlich fiel es ihm schwer, über Vergangenes zu sprechen und Markus bohrte nicht weiter nach. Als das erste Weihnachtsfest ohne Cordula näher rückte, steigerte sich Markus Trauer und sein Bedürfnis zu reden. Er erzählte von Sommerfesten, von Cordulas Neckereien – und von dem Unfall und den Folgen, denen sie später erlegen war. Er bemerkte nicht, dass Achims Pupillen immer größer wurden und er einen Schnaps nach dem anderen kippte. Sein unbehagliches Schweigen umhüllte die beiden Männer und trennte sie von der Umwelt.

Achim war immer noch nüchtern, trotz der Schnäpse. Er starrte in sein Bier und hackte die Fingernägel beider Hände ins Holz des Tresens. Sein Atem ging schwer, er schnaufte durch die Nase Luft aus und schaukelte seinen Körper kaum wahrnehmbar vor und zurück. Dann, nach einer gefühlten Ewigkeit, unterbrach Achim die dumpfe Stille. „Ich war das", sagte er leise. Er wagte es nicht, aufzusehen. Das also war das Trauma, das ihn verfolgte. Er, Joachim Assmann, war der am Unfall von Cordula Tauber beteiligte PKW-Fahrer. Er, Joachim Assmann, war schuld am Tode eines Menschen!

„Du weißt ja nicht, *wie* leid mir dieser Unfall tut – aber ich hatte doch Grün, ich hatte Grün", stammelte er unaufhörlich und dann wieder wie leid es ihm täte. Die Worte rauschten an Markus vorbei. Es brauchte einen Moment, bis sie das Pochen in seiner Brust und das Klopfen in seinem Kopf durchbrachen und er das Gesagte begreifen konnte. Seine Hände bewegten sich automatisch. Erst zerrten sie Achim am Ärmel und ungeachtet dessen Teilnahmslosigkeit packten sie ihn am Schlafittchen und rüttelten und rüttelten, während Markus ihn mit spritzender Spucke anschrie. Welche Worte er ihm entgegengeschleudert hatte, wollte ihm später nicht mehr einfallen. Er wusste nur noch, dass Barmann Tom ihn von Achim hatte fortreißen müssen. Seither war Markus nicht mehr in der *Fluppe* gewesen. Bis heute.

Die Ereignisse hatten sich überschlagen. In Zeitlupe, fand Markus, fast ein Jahr war seit Cordulas Tod vergangen. Dem Frühling zum Trotz hatte es noch einmal geschneit. Das freute ihn, er fürchtete sich vor den lebhaften bunten Blüten im ersten Grün, vor dem aufgeregten Vogelgezwitscher, das aus den noch kargen Hecken drang, vor den Sonnenschein genießenden, fröhlichen Menschen. Und vor dem Sommerfest von Sarahs Schule, das unweigerlich näher rückte.

Die Einladung zum Sommerfest lag Markus schwer auf der Seele. Für Sarah stand es außer Frage, dass ihr Vater daran teilnahm, zumal ihre Musikgruppe in diesem Jahr dort einen Auftritt haben würde. Für seine Tochter riss er sich zusammen. Auch, als Sarah ihn durch die Boutiquen schleppte, um sich ein für die Bühne standesgemäßes Kleid auszusuchen. Endlich jauchzte sie auf. „Das da, das da will ich, Papa!", quietschte seine Tochter. Endlich, dachte Markus. „Es ist super", schwärmte Sarah, „genauso eins hatte sich Mama letztes Jahr ausgesucht, nur in Rot." Markus Magen krampfte. Während sich Sarah in dem Kleid vor ihm drehte, kam ihm der neckische Disput mit Cordula am Morgen des Unfalltages in Erinnerung: „Dann sag mir doch wenigstens welche Farbe dein Kleid haben wird, damit ich meine Krawatte darauf abstimmen kann." „Verrat ich nicht! Verrat ich nicht!...", hallte Cordulas Antwort in seinen Ohren. Später, im Krankenhaus, drückte sie seine Hand und sagte: „Es ist Rot!" Ihr Gesicht blass und von Schmerzen gezeichnet, doch ihre Augen waren hellwach und schienen zu strahlen. Sie hatte gelächelt, dämmerte es ihm. Markus taumelte. Sein Blick ging durch die Tochter hindurch, als er ihr bestätigte, wie wunderschön das Kleid sei; die Verkäuferin bat er zerstreut, ihm eine farblich passende Krawatte herauszusuchen.

Markus fixierte unruhig geworden immer wieder die Tür der *Fluppe*. „Das wird heute nichts", meinte Tom. „Ich sagte ja, Achim kommt nicht mehr oft", Markus nickte geschlagen und seufzte. Sarah kam bald vom Sport. Er schob Tom einen Geldschein und einen Briefumschlag über den Tresen zu. *Joachim Assmann* stand dreifarbig und in krakeliger Kinderschrift darauf. „Stimmt so", sagte Markus „und kannst du den bitte Achim geben, wenn er das nächste Mal hier ist?" Er pochte mit dem Finger auf den Umschlag. „Klar doch", sagte Tom und winkte Markus zum Abschied bestätigend mit dem Kuvert. Die Eintrittskarte für das Sommerfest schimmerte durch das kleine Plastikfenster.

Nepomuk Ullmann
komm

komm, ruh dich aus
in meinen armen
erzähl mir
aus deinem schweren leben

stell die bilder
deiner erinnerungen
wieder an ihren platz

dreißig jahre
gehen wie nichts
du weißt so viel
von schmerz und einsamkeit

komm, küss mich
noch einmal
ich möchte dich
kennenlernen

Über den Verein

SternenBlick e.V. ist ein gemeinnütziger Verein zur Förderung zeitgenössischer Poesie. Seit Mitte 2013 werden jedes Jahr themengebundene Anthologien, Monografien und zwei Heftreihen herausgegeben, die die dichterische Vielfalt abbilden und bewahren. Ergänzend bieten wir unterschiedliche Leseformate, Workshops und Veranstaltungen im Großraum Berlin an.

Alle Veröffentlichungen, aktuelle Ausschreibungen und Termine sind der Homepage zu entnehmen:

www.sternenblick.org

Inhaltsverzeichnis

Heike Puls: Vorwort ... 9

Horst Jahn: Ode an die Spree ... 11

Renate Gutzmer: Sinas Reichtum ... 13

Sabine Wreski: Bloße Möglichkeit ... 16

Heike Puls: Inspiration ... 17

Nadja Felscher: In einer Zeit vor dem Beginn ... 22

Doris Lautenbach: Notaufnahme ... 23

Nepomuk Ullmann: es freut die natur ... 34

Heike Puls: Nullpunkt ... 35

Stephanie Mattner: Das Meer in mir ... 38

Rose-Mary Hein: Lesung ... 39

Sabine Wreski: Metamorphose ... 50

Patricia Strunk: Der Schundroman ... 51

Petra Klingl: Bücherzimmer ... 55

Daniela M. Fiebig: Erinnerungen ... 56

Rose-Mary Hein: Mein Stern ... 60

Renate Gutzmer: Mishmish ... 61

Martin A. Völker: Wund gewendet ... 68

Martin A. Völker: Dan Stocker und der rote Eber ... 69

Nadja Felscher: Betrachtung ... 74

Thorsten Falke: Ein Säufer, der keiner war ... 75

Horst Jahn: Der japanische Garten ... 82

Barbara Petermann: Späte Rache ... 83

Petra Klingl: Dunkelgrauer Abschied ... 92

Rebecca Timm: Mach dir keine Hoffnungen ... 93

Stephanie Mattner: Zwei Segel ... 99

Daniela M. Fiebig: Das Sommerfest ... 100

Nepomuk Ullmann: komm ... 108